JE NE TE VERRAI PAS MOURIR

ANTONIO MUÑOZ MOLINA

JE NE TE VERRAI PAS MOURIR

roman

TRADUIT DE L'ESPAGNOL
PAR ISABELLE GUGNON

OUVRAGE PUBLIÉ AVEC LE CONCOURS
DU CENTRE NATIONAL DU LIVRE

ÉDITIONS DU SEUIL
57, rue Gaston-Tessier, Paris XIXe

Titre original : *No te veré morir*
Éditeur original : Seix Barral, Editorial Planeta
ISBN original : 978-84-322-4232-8

ISBN 978-2-02-158310-6

www.seuil.com

Plus jamais je ne te toucherai.
Je ne te verrai pas mourir.

Idea Vilariño

I

« Si je suis ici, si je te vois, si je te parle, c'est que je dois rêver », dit Aristu en observant autour de lui avec étonnement, gratitude, incrédulité, craignant que d'un instant à l'autre tout se dissipe, orientant son regard vers Adriana Zuber, un demi-siècle plus tard, vers la couleur et l'expression inaltérée de ses yeux, surpris de constater à quel point, alors qu'il avait toujours cru les évoquer avec exactitude, il les avait oubliés, ces beaux yeux rieurs entre le gris et le bleu qui se posaient à présent sur lui comme la dernière fois, en mai 1967, dans un autre siècle et un autre monde et pourtant dans cette même pièce, où il avait découvert en franchissant le seuil que presque rien n'avait changé, il ne se référait pas aux meubles ni aux rideaux de la fenêtre mais à la lumière, la lumière pâle qui se frayait un passage depuis un bloc d'immeubles du quartier de Salamanca, comme les rumeurs environnantes et le bruit sourd mais amorti de la circulation, une lumière de milieu de matinée, de révélations ou d'adieux, tamisée par les nuances de vert de l'ombre fraîche et de la sève tout juste montée des arbres de la cour, ou plutôt du jardin, pour ne pas dire du parc, si vaste, d'ors semblables à des grains de pollen ou de poussière en suspension, flottant de manière visible dans l'air de ce lieu où Aristu s'apercevait maintenant qu'il entendait la même pendule que cinquante ans auparavant, soulignant le silence au cours duquel ils s'étaient regardés cette fois-là, au moment de se faire des adieux qu'ils étaient incapables de concevoir, face à face, les cheveux d'Adriana alors roux et non blancs mais tout aussi ébouriffés, ses yeux écarquillés et stupéfaits qui n'en étaient pas moins beaux ni brillants, sachant l'un et l'autre qu'ils allaient se quitter et l'acceptant sans pouvoir cependant imaginer l'ampleur de l'espace et le nombre d'années qui s'étendaient devant eux, trop jeunes pour ne serait-ce que pressentir de telles amplitudes, les lointains susceptibles de séparer les vies humaines, bien plus jeunes, plus naïfs et plus inexpérimentés qu'ils ne le pensaient, convaincus de la pérennité du monde et du temps qu'ils avaient connus jusque-là, quand une absence d'un ou deux mois équivalait à une éternité imparfaitement écourtée par les lettres, quand les dix petites années qui les séparaient de l'adolescence et de leur première rencontre représentaient pour eux la lente durée de leurs vies entières, la preuve que ce qu'ils avaient vécu comportait des racines si profondes que rien ne pouvait l'affaiblir et surtout pas le détruire, pas même la distance qui était sur le point de se dérouler de l'un à l'autre, un océan et tout un continent, un avenir sans dates de retour prévisibles, un abîme qui s'élargissait déjà entre eux mais qu'ils ne voyaient pas, chacun concentré sur le regard de l'autre, abusés par la familiarité de leur présence mutuelle et de l'endroit où ils se tenaient, dans la ville qu'ils avaient toujours connue, où résonnaient les bruits de fond habituels, plus ou moins proches, la pendule dans le dos d'Adriana, et dans la cour les murmures du voisinage auxquels ils prêtaient une attention distraite depuis qu'ils s'étaient tus, des bonnes qui chantaient en accomplissant leurs tâches matinales, ou qui suivaient la voix d'une copla à la radio, dans une émission de chansons dédicacées, les coups de marteau d'ouvriers sur un chantier non loin de là, soudain il se rappela ces sons car il les réentendait, les coups frappés sur un toit ou sur un mur, autre souvenir perdu qui revenait, où s'était-il conservé durant ces longues années, dans les mêmes archives infaillibles et scellées d'où s'échappait maintenant, préservée, une odeur de fleurs séchées et de bois vernis, dans cet appartement où il était souvent retourné au fil des cinquante dernières années, mais seulement dans ses rêves, dont il se réveillait frappé de stupeur, gagné par la tristesse que ne soit pas réel ce qui jusqu'alors avait été pleinement vécu, avec une vraisemblance aussi puissante que celle de la vie diurne, quoique avec beaucoup plus d'intensité et de beauté, comme si le reste, la totalité de son autre existence, n'était qu'un ennuyeux simulacre auquel il se prêtait en étant absent, comme assoupi, de même que lorsqu'il s'acquittait de ses obligations quotidiennes avec une grande efficacité mais très peu d'attention, à l'image d'un figurant dans un film, celui de sa propre vie solide, respectable et stérile, c'était le mot, stérile et également superflue, une simulation qui l'occupait chaque heure de chaque journée dès qu'il ouvrait les yeux, et ne s'interrompait qu'à compter de l'instant où il éteignait la lumière, se cloîtrait dans l'obscurité et sur l'oreiller, qu'il sentait la proximité réconfortante du sommeil et la consolation de voir en rêve les personnes qui comptaient le plus à ses yeux, qu'il ne pouvait retrouver qu'endormi, parce qu'elles étaient mortes ou restées dans son ancien pays, « *the old country* », disait-il lui aussi, sur le continent de l'autre côté de l'océan, des amis d'enfance dont il avait sans remords perdu la trace des années auparavant et qui se rappelaient à lui maintenant, ou sa sœur, désormais veuve et ayant tant de mal à se déplacer qu'elle ne voulait plus quitter Madrid et encore moins l'Espagne, malgré les invitations que sa femme et lui multipliaient, proposant de lui offrir le billet d'avion en *business class* et l'hôtel au cas où elle ne voudrait pas s'installer avec eux dans leur appartement de Manhattan ou dans leur maison sur les rives de l'Hudson, sa sœur qui était le seul lien, l'unique présence à subsister de sa vie précédente, sa vie espagnole de plus en plus désertée et lointaine, désertée par les figures familières et exclusivement peuplée d'inconnus qui, pour certains, l'appelaient par son prénom quand il retournait là-bas et portaient parfois son patronyme, présentaient des traits similaires aux siens ou, de manière encore plus désolante, à ceux de ses morts mémorables, les défunts tutélaires, son père et sa mère, qu'il reconnaissait aujourd'hui fugacement dans le visage ou la voix d'un neveu ou d'une nièce, bien que la ressemblance, le mirage, s'évanouisse aussitôt et le plonge dans une mélancolie que même son recueillement sur leur tombes, lorsqu'il avait le loisir d'y aller lors d'un rapide voyage à Madrid, ne parvenait pas à dissiper, deux dalles contiguës, conjoints dans la mort comme ils l'avaient été de leur vivant, dans un mélange de persévérance et d'abattement, de routine et de douceur qui l'avait toujours intrigué et le confortait comme un rituel immuable quand ils étaient encore en vie et qu'il les retrouvait pendant ses séjours, toujours un peu plus vieux mais tout aussi réguliers dans leurs habitudes et leurs disputes pondérées, dans la façon dont les années les usaient peu à peu avec une lime impartiale, de sorte qu'il était impossible d'imaginer non qu'ils se séparent, mais qu'ils ne meurent pas en même temps, ou qu'un dimanche midi l'un des deux aille au concert de l'orchestre national et que l'autre reste à la maison, ou qu'ils ne se rendent pas ensemble tous les deux ou trois ans aux États-Unis pour rejoindre leur fils, leur belle-fille américaine et leurs petits-enfants bien plus américains qu'espagnols, américains de bout en bout depuis l'adolescence, d'incontestables étrangers qui, l'été, quand ils venaient en visite chez leurs grands-parents, parlaient un espagnol maladroit, de grands dadais impatients de regagner le pays d'où ils étaient partis et où lui, Gabriel Aristu, s'était fait à l'idée de demeurer à jamais, surpris de découvrir que les années passant, au lieu de s'adapter de mieux en mieux, il devenait plus intimement étranger alors qu'il y avait vécu bien plus longtemps qu'en Espagne, qu'il parlait, pensait et allait jusqu'à rêver en anglais et s'étonnait souvent, en Espagne, de réagir et de se plaindre comme un Américain confronté à l'inefficacité et à la lenteur un brin décadente de tant de choses en Europe, en débarquant il était pourtant heureux de montrer son passeport grenat de l'Union européenne et de passer le contrôle dans la file d'attente la plus courte, mais il avait également dans sa poche le passeport bleu, qu'il sortait avec la même secrète complaisance quand il atterrissait à New York et voyait à l'arrivée les malheureux voyageurs venus d'Europe et d'ailleurs, déconcertés, patienter dans des queues interminables sous la surveillance de fonctionnaires grossiers, puis affronter aux guichets les agents menaçants du service d'immigration, qui lui adressaient en revanche un sourire et un chaleureux « *Welcome back home, sir* », qu'il accueillait aimablement mais sans se départir d'une certaine réserve, un homme habitué à évoluer dans les étages élevés des sièges de banques internationales, les cabinets d'avocats et les salles de réunion des *boards* de fondations culturelles ou placées sous de hauts patronages, qui agissait avec une aisance contenant une part de simulation consommée, une fiction ostensible mais partagée et acceptée par tout le monde, un peu de cordialité collective et d'esprit de camaraderie tantôt empreint de sévère gravité, quand il fallait se lever et écouter l'hymne national, tantôt dissous en explosions de joie unanimes, si l'orateur posté devant le pupitre faisait une plaisanterie ou avait une saillie qu'il était bon de célébrer par des éclats de rire sonores, comme aux réceptions du Kremlin, lorsque Staline racontait une histoire drôle et que personne n'osait s'esclaffer moins fort que les autres, veillant surtout à ne pas être le premier à reprendre son sérieux ou à cesser d'applaudir, Aristu l'avait lu dans une des biographies volumineuses qu'il se réservait pour passer l'été dans leur maison de campagne au bord de l'Hudson, où il projetait maintenant de se retirer, peut-être cet été, de retour d'Espagne et du voyage que sans savoir pourquoi il avait entrepris en secret, omettant d'en parler à Constance, qui l'imaginait distraitement à Genève, à l'une de ces réunions de *senior consulting*, des activités en grande partie fictives ou superflues auxquelles il participait de temps en temps depuis sa mise à la retraite ou plutôt son renvoi déguisé, la « relève de la vieille garde », lui avait-on annoncé, que dans un premier temps il avait jugée humiliante et dont il se réjouissait désormais sous cape, maintenant qu'il pouvait enfin et soudain faire en toute liberté ce que bon lui semblait, pour la première fois autant qu'il s'en souvienne, en bonne santé et encore robuste compte tenu de son âge, remis d'un cancer qui avait failli l'emporter, lucide et résolu à accomplir ce qu'il avait différé toute sa vie, du fait des circonstances qui, d'une manière ou d'une autre, réduisent quiconque en esclavage, mais essentiellement à cause de sa faiblesse de caractère, de son sens étouffant du devoir, de ses responsabilités et de son sentiment de faute, de la crainte de ne pas satisfaire les attentes d'autrui, car dès l'enfance on l'avait accablé d'une identité forcée de bon fils, de bon élève, de professionnel irréprochable, puis de bon époux et de bon père, enfin de cadre supérieur d'organisations internationales à mi-chemin entre la finance et la philanthropie, autant d'obligations auxquelles il s'était soumis avec une docilité si parfaite qu'elle équivalait presque, dans la pratique, à une vocation, non celle qu'il avait eue puissamment à un moment donné, très jeune, de se consacrer corps et âme au violoncelle afin de mener une carrière de musicien, mais l'autre, que tout le monde lui attribuait, qu'on célébrait, qu'on lui avait imposée sans pitié mais sans se rendre compte de la pression qu'on exerçait sur lui, despotes bienveillants, père, mère, professeurs paternels, conseillers affectueux et amis de la famille qui l'aidaient à se frayer un chemin avec une telle générosité et si bien intentionnés qu'il aurait été impardonnable de les décevoir, des collègues ou d'anciennes connaissances de son père, qui lui écrivaient des lettres de recommandation ou lui organisaient un rendez-vous dans un bureau prestigieux, puis, alors qu'il était déjà aux États-Unis, des associés ou des contacts de celui qui serait bientôt son beau-père, des parents influents désireux d'aider ce jeune homme prometteur et son épouse encore plus jeune, pour laquelle il aurait été déloyal de ne pas répondre présent ni de déployer un maximum d'initiatives, dans son nouveau pays tout débordait d'énergie, davantage que dans la vieille Europe, sans parler de l'Espagne sinistre et arriérée dont il venait, marqué d'une origine qu'il fallait effacer au plus vite, aussi rapidement qu'il avait laissé derrière lui les difficultés de la langue, même s'il ne s'était pas débarrassé entièrement de son accent, qui au lieu de le discréditer le dotait d'une distinction qu'on aurait pu croire d'Europe centrale, agrémentée de la touche prestigieuse de son anglais britannique acquis ou plutôt perfectionné à Oxford, car ce bel accent, il l'avait rapporté de Madrid, du British Council, où son père l'avait inscrit lorsqu'il avait fêté ses dix ans, non par snobisme ou arrogance de classe, qui lui faisaient tout autant défaut que l'argent, mais en vertu de la conviction intime et désespérée qu'il devait sauver son fils de la noirceur espagnole au milieu de laquelle il était venu au monde, il tenait à le protéger de l'ignorance, de la barbarie, de l'intégrisme religieux, de la rigidité de ces années-là, de la brutalité militaire et ecclésiastique des vainqueurs, de leurs bourreaux et de leurs prêtres, de leurs féroces serviteurs et subalternes dont certains, pour sa plus grande honte, faisaient partie de sa propre famille et du cercle immédiat de ses connaissances, qui fragilisaient l'homme faible qu'il avait toujours été, faible et cultivé, digne et pauvre, prêt à travailler plus et à se priver de l'essentiel afin de financer la scolarité de son fils dans cette école britannique, une sorte de compensation à la mauvaise blague, la blague macabre, disait-il, de l'avoir fait naître en Espagne et en 1940, quelques jours à peine avant la défaite de la France, lorsque les barbares espagnols s'étaient livrés à leur boucherie vengeresse, officiellement il était l'un des leurs pour avoir été « persécuté et emprisonné sous la domination rouge », mais il avait été épouvanté par cette victoire qu'il avait attendue trois ans, caché dans diverses caves et greniers de Madrid, puis dans une dépendance de l'ambassade du Chili, qu'il avait quittée comme s'il se relevait de sa tombe, un matin inhospitalier de mars 1939, perdu dans les ruines d'une ville horizontale aux arbres coupés, dans le quartier où il avait toujours vécu, en chemin vers son foyer où sa femme l'attendait sans savoir s'il était mort, pâle comme un spectre lorsqu'elle avait ouvert la porte pour le découvrir sur le palier, dans la lumière blême d'une ampoule pendue au bout d'une corde, pétrifié et émerveillé devant elle, qu'il n'avait pas vue depuis près de trois ans et qu'il pensait ne plus jamais revoir, tout comme son fils, plus de soixante-dix ans après, sentirait devant Adriana Zuber que s'il la voyait avec autant de netteté, aussi proche, et que s'il entendait sa voix, c'est qu'il devait rêver, bien qu'en apparence tout indique le contraire et qu'il soit parfaitement éveillé et lucide alors qu'il avait peu dormi à cause du *jet lag* et de la nervosité, de l'inconcevable perspective de la revoir alors qu'un demi-siècle s'était écoulé depuis le 16 mai 1967, jour où cette porte, qui venait aujourd'hui de se rouvrir pour lui, s'était refermée dans son dos, lui faisant éprouver un mélange impur de nostalgie prématurée et de soulagement, la lâche retraite masculine face à la souffrance entraînée par cette même lâcheté, le simple désir de chasser la tristesse et de mettre de la distance, un océan et tout un continent dans son cas, « *from sea to shining sea* », ainsi que le dit l'hymne avec une ardeur religieuse qui, à l'époque, ne le dérangeait pas car tout ce qui provenait de ce pays l'attirait indistinctement, il était pris d'une ferveur de nouvel arrivant qu'il avait presque oubliée maintenant qu'il avait l'impression de n'être ni de ce côté-là ni de l'autre, flottant sans effort dans une double condition d'étranger, Américain peu à l'aise en Espagne et Espagnol circonspect et sceptique aux États-Unis, profondément détaché de tout, hormis de quelques souvenirs et de quelques lieux, en particulier de son bureau ou ce qu'il qualifiait de tel sans qu'il y ait de raison à cela, sa grande baie vitrée donnant sur la forêt et le lent débit de l'Hudson, la petite bibliothèque qu'il avait constituée, l'étagère garnie de partitions, l'étui solennel de son violoncelle, qui lui manquait à présent à Madrid, où il avait souhaité se rendre avec un bagage léger, délicatement préparé par Connie, une experte en la matière, les chemises pliées au cordeau, la grappe soyeuse et variée des cravates, la trousse de toilette et celle, en cuir, de son matériel de rasage, incluant des flacons de lotion et de parfum à la contenance adéquate, tous ces objets qu'il avait utilisés en se sentant déloyal dans la salle de bains de l'hôtel, se préparant de manière méticuleuse avant la visite, tâchant d'éviter le plus possible la formalité des préparatifs pour une réunion corporative, la sobriété de ce qui avait été son uniforme de travail des années durant, mais dont il ignorait comment se débarrasser, même ce matin, où il s'apprêtait, comme il le faisait lorsqu'il avait rendez-vous dans les années cérémonieuses de sa première jeunesse, peignant en arrière devant le miroir ses cheveux désormais clairsemés qui gardaient la trace d'une ondulation ancienne, choisissant un mouchoir assorti à sa cravate, à plier dans la pochette de sa veste, sans atteindre le degré de perfection de Connie, qui y serait parvenue plus facilement, elle qui devait être à cet instant plongée dans le sommeil, son masque sur les yeux, dans la chambre obscure de leur appartement new-yorkais et la chaleur excessive des radiateurs américains, aussi extrême et irritante que l'air conditionné, qu'elle et leurs enfants trouvaient cependant naturelle et à laquelle il ne s'était jamais habitué, autre sujet de discorde minime qui, au lieu de s'atténuer, s'aggravait au fil des années, à l'instar de ces désagréments chroniques minant la vie petit à petit, et à propos desquels on concède qu'il n'y a rien à faire, au point qu'on en arrive parfois à les oublier sans qu'au bout du compte on les tolère jamais, les laissant alimenter une rancœur cachée, un stock de rancœurs qui filtrent goutte à goutte à la façon des citernes enfouies plusieurs mètres sous terre, dans les profondeurs inavouables de l'âme solitaire, autant privée de liens extérieurs que l'était Gabriel Aristu ce fameux matin, dans l'hôtel madrilène où personne ne savait qu'il était descendu, un voyageur arrivé des États-Unis et de Genève la veille, en fin d'après-midi, ayant pour tout bagage une petite valise à la poignée extensible, qui se déplaçait avec la diligence experte des gens accoutumés aux itinéraires des aéroports internationaux, mais aux gestes néanmoins empreints d'une certaine lenteur, un homme très bien conservé même s'il avait déjà franchi le seuil des soixante-dix ans, qui s'était adressé spontanément en anglais à la réceptionniste, un anglais aussi conventionnel que sa tenue, dont l'attitude impérieuse innée résolvait toutes les difficultés, faisant surgir au bon moment l'employé qui porta sa valise et qui, quelques minutes plus tard, dans la chambre splendide qu'on lui avait attribuée, aucun rapport avec celles, médiocres et mal situées, où l'on reléguait les personnes seules, ouvrit pour lui les rideaux de la fenêtre d'où l'on voyait la cime des arbres de la rue Villanueva, et lui montra le minibar et la salle de bains avant de lui expliquer le fonctionnement de la climatisation, qui par chance n'était pas allumée, et il songea à la température glaciale qui l'aurait assailli dans une chambre d'hôtel à New York, son autre ville encore immergée dans la nuit d'un autre monde, l'autre vie qui brusquement ne semblait pas lui appartenir ni être tout à fait réelle alors qu'elle avait été bien plus longue que son existence espagnole, qu'il était sur le point de réamorcer, c'est du moins ce qu'il croyait, dès qu'il sortirait de l'hôtel, s'orientant aisément dans le quadrillage brouillé des rues de sa jeunesse, plus arborées que dans ses souvenirs lointains, plus bruyantes et avec davantage de circulation, peuplées de jeunes gens qu'il ne connaissait pas, mais aussi, de manière presque furtive, d'autres individus en qui il aurait peut-être pu identifier certains de ses contemporains, touchés par l'épidémie terminale du temps, ceux qui avaient les cheveux blancs et marchaient lentement, hommes et femmes, ou qui, voûtés, regardaient fixement le sol, d'autres affaissés dans des fauteuils roulants, d'autres encore d'une pâleur de cadavre aux mâchoires décrochées, stationnant sur les bancs de l'allée, le menton tremblant et le regard perdu, de petits yeux humides d'oiseau, aidés par de jeunes migrants d'Amérique latine ou d'Afrique qui parlaient ou pianotaient sur leurs portables en les surveillant du coin de l'œil, ces vieux déjà expulsés du monde qui leur avait appartenu, dont ils s'étaient emparés avec la même insolence que les jeunes d'aujourd'hui qui s'exprimaient d'une voix forte et monopolisaient le trottoir avec leur vigueur physique et leur tapage collectif, se montrant leurs écrans de téléphone, indifférents à ce qui ne les concernait pas, comme s'ils étaient les seuls habitants de la ville, ils parlaient très fort, garçons et filles, dans un espagnol grossier qui lui paraissait à la fois cru, énigmatique et exotique, comme leur façon de s'habiller ou de gesticuler en agitant beaucoup les mains, surtout elles, occupant l'espace de sorte qu'il devait se pousser sur le côté, ayant un peu peur qu'on le percute ou qu'on le fasse tomber, un signe de l'âge, cette crainte des chutes, bien droit, étonné de s'observer d'un air plutôt approbateur dans la vitrine d'un magasin de vêtements, un bel homme prudent, légèrement anachronique, avec un soupçon de prétention, dans les rues ombragées bordées d'acacias du quartier de Salamanca, prises d'assaut en milieu de matinée par des groupes d'élèves des écoles de design ou de technologie situées non loin de là, beaux et belles sans effort, sans soin, sans avoir conscience du côté extrême, vulnérable et fugace de leur jeunesse, similaires à tous ceux qu'il avait vus pour la première fois, stupéfié, quand il était arrivé en Californie en 1967, la plupart d'entre eux avaient son âge mais différaient de lui au point qu'on aurait dit qu'ils appartenaient à une espèce au plumage fantastique, apparentée à ces jeunes Madrilènes, surtout elles, avec leurs longs cheveux raides et leurs tenues excentriques et inquiétantes pour l'individu qu'il était devenu, comme les jeunes Californiennes d'autrefois pour celui qu'il était à vingt ans et des poussières, déjà si conventionnel, fraîchement débarqué d'Espagne dans un costume archaïque coupé sur mesure par un tailleur de Madrid, bougeant avec une pondération timorée que les jeunes, à l'instar de ceux d'aujourd'hui, ne possédaient pas, et que lui avait héritée de ses aînés et de ses maîtres, essentiellement de son père, qu'il vénérait et qui l'exaspérait, qui lui faisait porter sans s'en apercevoir tout le poids de l'infortune et de l'angoisse de sa vie, qui lui avait transmis, inoculé son ambition d'être cultivé, civilisé, dépourvu de brutalité et incapable de mal se comporter, avait voulu lui apprendre à être irréprochable, attentif aux sentiments des autres, de ceux, tout aussi méritants que lui, mais qui n'avaient pas eu sa chance, raison pour laquelle Gabriel Aristu, en bon fils loyal, se devait de ne rien refuser de ce qu'on lui proposait et qu'on avait décidé pour lui au terme de nombreux sacrifices, le British Council, l'Alliance française, les leçons de musique, le premier violoncelle, les abonnements à l'Orchestre national, les réunions dans le salon de leur appartement avec des musiciens et écrivains liés à son père, le cursus de droit et d'économie, et par-dessus tout la bourse pour Oxford, obtenue grâce à l'intervention d'un ami britannique, M. Trend, que son père avait rencontré avant la guerre chez don Manuel de Falla, dans son petit jardin à deux pas de l'Alhambra, où plus d'une fois il avait croisé García Lorca et un autre grand ami lui aussi perdu, Adolfo Salazar, à une époque où nul n'aurait imaginé l'effondrement et le bain de sang qui allaient suivre, et dont son père sortit meurtri de manière aussi inexorable que s'il avait subi une épouvantable mutilation, invisible pour la plupart de ses connaissances, mais non pour sa femme et son fils, qui la nuit l'entendaient hurler en rêvant, impossible à réveiller bien qu'on l'ait secoué en criant son prénom, prisonnier d'un cauchemar toujours identique comme il l'avait été de la cellule où il attendait chaque soir qu'on vienne lire son nom sur une liste dactylographiée avant de le conduire jusqu'au peloton d'exécution, et d'où il entendait s'élever les cris, les décharges des fusils, le rugissement des moteurs ou, plus funeste encore, le cliquètement des machines à écrire sur lesquelles on tapait en réalisant plusieurs copies carbone les noms des hommes qui mourraient dans la soirée et de ceux qui en réchapperaient ou dont l'agonie serait simplement prolongée de vingt-quatre heures, celle-là même dans laquelle le père de Gabriel Aristu retournait toutes les nuits de sa vie d'après, mêlant son propre effroi à celui des crimes qu'il voyait désormais commettre contre ceux qu'il aurait dû considérer comme ses ennemis, qui furent poursuivis, précipités dans la terreur pendant les journées de mars 1939 où il avait été libéré, ayant peine à croire qu'il ne courait plus aucun danger, qu'il pouvait se rendre à visage découvert là où il le désirait, si tant est que ses jambes affaiblies par plus de deux ans d'enfermement et de faim le lui permettent, il ne se reconnut pas en découvrant son reflet dans une vitrine, en partie brisée et réparée avec du sparadrap à la suite d'un bombardement, si bien qu'il vit son image fragmentée, disloquée par les lignes de fracture, ce qui ne facilita guère l'identification, au point qu'il crut distinguer quelqu'un d'autre, un étranger de haute stature, très maigre, fragile, aux traits osseux, à la barbe visible comme une tache de saleté sur le menton et, plus étonnant, avec des cheveux blancs alors que les siens étaient noirs, d'un noir luisant, frisés, si rebelles qu'il lui coûtait toujours de les dompter avec de la gomina et un peigne, et pas cette espèce de duvet blanc et bizarre évoquant le crâne d'un teigneux qu'il voyait dans le miroir, consterné non de constater soudain combien son visage avait changé d'apparence, mais du temps qui s'était écoulé sans qu'il lui soit possible de le voir reflété, détaché de lui-même jusqu'à en oublier son aspect, plongé dans une sorte de coma spirituel sans doute aggravé par la faim, dont il mit très longtemps à se réveiller ou dont il ne se réveilla jamais entièrement, soupçonnait son fils avec tristesse et pitié en se remémorant ses cauchemars et ses tics nerveux, ses gestes furtifs d'angoisse, la façon anxieuse et heurtée dont il tirait sur ses cigarettes, buvait de toutes petites gorgées d'eau ou ramassait et écrasait des miettes de pain sur la nappe, un homme détruit de l'intérieur, s'employant de manière obsessionnelle, dans la mesure du possible et par quelque moyen que ce soit à protéger sa femme et ses enfants du monde extérieur, de la brutalité, la déraison, le malheur pur et dur, atroce, la pénurie, la faim, le froid hivernal madrilène de l'après-guerre qui n'en finissait pas et ne semblait jamais s'apaiser, de la terreur qu'il avait connue et qui avait blanchi sa chevelure dans la force de l'âge et en une seule nuit, du spectacle de cruautés et de grossièretés inouïes que donnaient au quotidien ceux qui avaient triomphé en public et en privé, occupant tout l'espace de chaque facette de vie, du haut des chaires, dans les écoles, les processions, les salles de cinéma et les défilés militaires dans les rues d'un Madrid qui ne cessa pas une seconde de lui sembler une ville vaincue et occupée, même si les vainqueurs et occupants voyaient en lui l'un des leurs, sympathisant de la monarchie avant la guerre, poursuivi comme une bête nuisible à compter de l'été 1936, principalement parce que sa signature paraissait souvent dans les pages dédiées à la musique classique d'*ABC*, captif et martyr, et en tant que tel, décoré après la Victoire, il avait bénéficié de certains privilèges qui n'allaient pas chercher loin et dont il avait secrètement honte, mais qu'il n'était pas en condition de refuser, par prudence politique et pour assurer tout bonnement sa survie, nourrir sa famille, la chauffer en hiver, obtenir des cartes de rationnement, épargner à son fils puis à sa fille le rachitisme, l'anémie, le rude endoctrinement des casernes et du catholicisme, leur ménager rapidement la possibilité de quitter l'Espagne, ou tout au moins d'être assez bien éduqués et d'avoir reçu une formation qui leur permette si nécessaire de fuir le pays, afin de s'édifier des vies plus sûres sous des latitudes plus accueillantes, dans ces contrées qu'il admirait de loin avec un haut degré d'idéalisation, pour ne pas dire de naïveté, l'Angleterre surtout, où il s'était rendu brièvement en 1935, à l'occasion d'un festival mémorable et restreint de musique contemporaine espagnole, organisé par le professeur Trend à Oxford, et qui en dehors de cela existait essentiellement dans son imagination littéraire, musicale, érudite, son amour pour William Byrd et Purcell, les symphonies d'Elgar et Vaughan Williams, de parfaits inconnus en Espagne, dans sa prédilection pour les vestes en tweed et les *bow ties*, mais ne partageant pas l'attachement des Britanniques pour la pipe, qu'il avait en vain essayé de fumer à plusieurs reprises, son désir anglophile étant si puissant qu'il avait tenu à vite le transmettre à son aîné en l'inscrivant au British Council de Madrid, dans le même souci de santé et de pédagogie qui l'avait incité à veiller sur son alimentation, à lui administrer des suppléments vitaminés et de l'huile de foie de morue, à l'accoutumer aux exercices en plein air pour le fortifier, à faire en sorte qu'il se remette des assauts de l'âpreté espagnole et échappe au destin qu'avec sa femme ils lui avaient imposé de façon inconsciente et sans doute irresponsable lorsqu'ils l'avaient conçu, puis mis au monde dans l'univers le plus noir de l'immense nuit qui inondait l'Europe après avoir englouti l'Espagne, neuf mois exactement après le jour où son père était sorti pour la première fois dans la ville à la fin de son emprisonnement, où il s'était vu comme un fantôme ou un mort pas tout à fait revenu à la vie, dans la vitrine à demi détruite d'un tailleur, avait erré sans retrouver sa rue et son immeuble, dans le quartier où il avait toujours vécu, les pavés arrachés et les arbres décapités par la mitraille ou débités en bois de chauffage, un homme devenu subitement un vieillard remontant les revers d'une vieille veste qui ne lui appartenait pas afin de se protéger du froid de la fin de mars, si maigre, si pâle et les cheveux si blancs que lorsque son épouse avait ouvert la porte, à la fois pleine d'espoir et effrayée, elle ne l'avait pas reconnu et avait failli la refermer, le prenant pour un mendiant, avant qu'il lève la main dans un étrange salut ou un geste lent de supplique, et que sur ses lèvres se dessine l'arrondi de son prénom qu'il n'avait pas encore prononcé car aucun son ne sortait de sa bouche, dans une scène figée et silencieuse que leur fils, Gabriel Aristu, se plaisait à imaginer avec autant de détails que s'il était en mesure de se la rappeler telle que sa mère la lui avait souvent racontée par la suite, sans que son père participe à cette évocation, par pudeur, probablement, la même pudeur qui dessinait un sourire sur les lèvres de sa mère, lui laissant entendre que c'était ce jour-là, dans l'après-midi, quand s'était opérée la reconnaissance mutuelle, qu'ils l'avaient conçu, ce fils par conséquent issu à parts égales du malheur et de la passion immédiatement recouvrée, de la terreur que son père ne surmonta jamais et du refuge inviolable qu'il trouvait dans les bras de sa femme qui l'avait cru mort, qui l'avait vu devant elle faire le geste de lever la main et d'ouvrir la bouche sans dire le moindre mot, lui révélant ainsi que non seulement il avait les cheveux blancs mais que les dents qui lui manquaient le faisaient paraître plus âgé, un détail humiliant qui l'obligea à serrer les lèvres au moment où elle voulut l'embrasser, sur le palier dont leur fils se souvint des années plus tard, alors qu'ils étaient morts tous les deux et qu'il était debout devant une autre porte, sur un vaste palier très similaire dont le parquet craquait, également à Madrid et dans le même quartier, il venait de sortir de l'ascenseur ancien, imposant mais décrépit qui comportait un miroir où Aristu s'était examiné avec une attention nerveuse, trop guindé pour l'occasion et la saison, pour les rues qu'il avait empruntées, pleines de jeunes gens et de magasins avec de la musique à un volume élevé et des panneaux écrits en anglais, il ne reconnaissait presque plus rien, l'accent des habitants non plus, à croire qu'il se promenait dans une cité étrangère où il n'était encore jamais allé mais où parfois, contre toute attente, il identifiait certains éléments précis, l'angle d'une rue où s'élevait un haut mur en brique derrière lequel résonnait la clameur d'une cour d'école, une porte qu'il se rappela brusquement avoir poussée quasi quotidiennement, car un camarade avec qui il passait le baccalauréat vivait dans cet immeuble, la flèche ajourée d'une église néogothique, blanche contre le bleu limpide du ciel de Madrid conforme à ses souvenirs les plus lointains, aussi ancré dans sa mémoire intime que le vertige qu'il ressentait en s'approchant de ce lieu et de l'heure du rendez-vous, comme s'il avait vingt-sept ans et préparait son premier voyage pour Los Angeles, mais n'osait toujours pas monter chez Adriana Zuber, qui l'attendait, habillée elle aussi pour célébrer la fête intime et en grande partie secrète des adieux, derrière la fenêtre mais invisible de la rue, elle l'observait au travers des rideaux déjà fermés et de la cime des acacias, qui étaient bien plus jeunes à l'époque et ne projetaient pas leur ombre dense sur toute la rue alors occupée par des crémeries, des épiceries, des merceries, de petits ateliers, sans aucun des magasins de vêtements ni des restaurants de luxe qui la colonisaient aujourd'hui, pas de voitures ni de 4 × 4 noirs garés en double file, aussi chers que ceux qu'on pouvait voir dans Madison Avenue, le haut quartier des joailliers et des petits restaurants aux noms français, aux stores à rayures et aux tables disposées sur les trottoirs des rues latérales, où Connie et lui aimaient s'asseoir par les journées chaudes et ensoleillées de la fin de mai, une fois terminé le long cauchemar à la durée incertaine de l'hiver que les années passant, à mesure qu'il prenait de l'âge, il avait davantage besoin de fuir en partant peut-être pas à Madrid, une ville qu'il n'appréciait guère alors qu'il y était né, mais dans la vaste Europe qui lui manquait de plus en plus, à Paris ou dans une ville de l'opulente province française, en Italie, où Adriana Zuber et lui s'étaient promis d'aller ensemble, de s'échapper tous deux, sachant sans doute l'un et l'autre qu'ils ne réaliseraient jamais ce projet, de même qu'ils se faisaient d'autres promesses, compensant par la véhémence de l'imagination les limites mesquines de la réalité, car même dans l'hypothèse où ils seraient séparés et auraient cessé de s'aimer, ni elle ni lui n'accompliraient des choses que l'autre aurait désapprouvées, ils ne se cacheraient rien, ni leurs pensées ni leurs désirs les plus inavouables, les plus honteux, continueraient à s'écrire et garderaient toutes leurs lettres dans leurs enveloppes, les dissimulant si nécessaire, pour conserver la preuve documentaire des timbres étrangers et des cachets des dates d'envoi, les lettres et les télégrammes, dont le dernier de tous, qu'Adriana lui avait envoyé en urgence parce qu'elle n'arrivait pas à le joindre au téléphone et ne le trouvait nulle part, et qu'elle ne comptait pas rater cette occasion, la dernière avant qu'il s'envole pour Los Angeles, la veille de son départ, un télégramme où elle l'informait de l'heure et de l'endroit du rendez-vous, et lui garantissait qu'ils auraient l'après-midi et la nuit pour eux, concluant sur une phrase d'Eça de Queiroz qu'ils avaient lue ensemble, « Avec tous les amours que contient l'amour », mais à présent, peu fidèle à sa parole depuis des années, il se souvenait d'avoir sacrifié ce papier qu'il avait déplié et tenu entre ses mains comme un trésor et une invitation inconvenante, emporté par l'ampleur de sa vie américaine, le vertige ou plutôt l'étourdissement, l'ivresse de découvrir et de lâcher du lest, le poids mort du passé, l'étroitesse espagnole, le protocole vestimentaire et les remords, l'inertie du deuil, les racines qui, aux États-Unis, ne s'agrippaient plus à lui comme des mains avides, des toiles d'araignées et des liens, des photographies en noir et blanc de parents défunts, tout ce qui était resté derrière lui sans qu'il fasse sciemment l'effort de s'en débarrasser, une peau sèche et craquelée à laquelle il avait renoncé au bout de quelques mois, voire de quelques semaines, dans la clarté aveuglante et joviale de la Californie, se détachant avec elle du catalogue étouffant de toutes ses loyautés en feignant d'en maintenir certaines, négligeant la part de culpabilité et de reconnaissance qui le liait à ses parents, et même, ce dont il eut honte par la suite, son amour pour Adriana Zuber et toutes les choses qui l'avaient nourri depuis leur première rencontre, à dix-sept ans, tout l'éventail de ses affinités, livres, films, chansons, poèmes appris par cœur, citations transcrites sur une carte postale, autant de choses matérielles disparues du monde d'aujourd'hui et que Gabriel Aristu s'était mis à regretter alors que leur perte était depuis longtemps irrémédiable, maintenant qu'il commençait à se sentir vraiment vieux et que les rêves où elle apparaissait devenaient récurrents et criants de vérité, des cadeaux soudains quand il ouvrait les yeux, tantôt après un sommeil troublé à bord d'un vol transatlantique, tantôt dans le silence de l'aube, chez lui, sur les rives de l'Hudson, au terme d'une nuit très reposante, des rêves d'une beauté délicate qui pourtant s'effaçaient aussitôt, comme constitués d'une matière bien plus fragile que les images qu'il voyait à l'état de veille, des rencontres inopinées avec Adriana Zuber au détour d'une rue, à Madrid, ou à une table au fond d'un restaurant, dans la salle d'un musée contiguë à celle où il se tenait, des lieux qui lui semblaient toujours familiers mais ne présentaient pas de concordance exacte avec une quelconque réalité, et où il ne la voyait presque jamais distinctement, soit parce qu'elle était loin, dans la foule, soit parce qu'elle se volatilisait comme si elle le fuyait, blessée par sa déloyauté ou dédaigneuse de sa présence, ou encore parce que, posté devant elle, il la voyait à contre-jour, sous un store estival ou à l'intérieur d'un café plongé dans la pénombre, sans doute à Madrid car l'endroit renvoyait une impression de solennité et de vétusté, ou bien elle était debout, baignée de la clarté blanche d'une baie vitrée, par une matinée d'hiver brumeuse, dans le présent et le passé, et sa jeunesse demeurait intacte en dépit des années si nombreuses qu'il semblait impossible que l'image de son rêve soit à ce point concrète, riche en détails subtils qu'il ne s'était jamais rappelés éveillé et que du reste il n'avait pas su apprécier quand il les avait observés en pleine conscience, toujours un peu distrait quand il se tournait vers le réel, lui avait-elle parfois reproché, elle qui aimait autant, voire plus que lui les fables de la littérature et du cinéma, mais qui possédait en outre le don de se concentrer sur les choses concrètes, faisant appel à ses cinq sens pour honorer la beauté du tangible et du quotidien et pas seulement celle établie par les arts, elle attirait l'attention de Gabriel sur un chemisier, un sac, une barrette à cheveux qu'elle arborait pour se rendre à un concert, et parfois, quand il lui offrait un livre en lui demandant de se dépêcher de le lire, elle déplorait la vulgarité ou le mauvais goût de la couverture avec un sens esthétique qui souvent l'agaçait, mais qui au fond finirait par s'imprimer à jamais dans sa façon de voir les choses et même d'évoluer dans le monde, un sens de l'ordre, de la limpidité et de l'harmonie, une aversion instinctive pour toute négligence ou manque de considération, d'égards ou de respect dans la façon de traiter les personnes et les objets, un sens infaillible mais sans cérémonie de la politesse, autant de qualités qui compensaient le désordre austère régnant dans l'appartement d'Aristu, car ni son père ni sa mère ne se souciaient de ce qui ne relevait pas des besoins les plus urgents, où la prévalence de quelques valeurs suprêmes – l'éducation par-dessus tout, la culture, qu'ils vénéraient, en particulier la musique, l'accueil qu'ils réservaient à leurs célèbres visiteurs – impliquait le sacrifice de tout le reste, des efforts incessants consacrés au travail, à l'ascétisme et à la maîtrise des dépenses, sans laquelle le projet pédagogique de ses parents n'aurait pas pu prospérer dans un pays isolé et en ruine où on manquait de tout, les maigres gains que son père réalisait en écrivant des critiques de concerts dans la presse et les textes figurant dans les programmes, si minutieux dans leur érudition et leur style que le temps qu'il y consacrait rendait dérisoires les sommes qu'il touchait, aussi modiques que la reconnaissance intellectuelle qu'il n'espérait pas recevoir dans ce Madrid dévasté d'où les maîtres et les collègues exceptionnels de sa jeunesse avaient disparu, assassinés, exilés ou condamnés au silence, le plongeant dans une solitude de survivant et de naufragé d'une autre époque, ne trouvant pas d'autre refuge ni de compagnie intellectuelle que ceux de sa femme et, des années plus tard, de son fils aîné, puis de sa fille, une sorte de cellule clandestine au sein de laquelle il se sentait protégé et pouvait aborder prudemment ses sujets de prédilection tels que la musique, l'inventivité et l'enseignement de ses maîtres vénérés, don Manuel de Falla et Adolfo Salazar au sommet, les rapports respectueux qu'il entretenait avec les traditions populaires et ses liens mis à mal mais toujours solides avec les musiciens du monde extérieur, son autre héros, Igor Stravinski, qu'il avait rencontré à Madrid dans sa prime jeunesse lors du premier séjour des Ballets russes dans cette ville, à l'occasion de la première calamiteuse du *Sacre du Printemps*, et qui les rares fois où il retourna en Espagne après la guerre vint le voir, l'invita à ses concerts et laissa à son fils, Gabriel Aristu, le souvenir d'enfance, puis d'adolescence, d'un petit vieux plein de vivacité portant d'énormes lunettes, une cigarette toujours allumée au bout d'un très long fume-cigarettes noir qu'il mordait de ses dents immenses, passant du français à l'anglais avec rapidité et un accent russe si prononcé que les deux langues, en plus d'être inintelligibles, semblaient indifférenciées, ce qui amusait beaucoup sa mère, bien moins révérencieuse que son mari, et dès que l'illustre visiteur avait refermé la porte, minuscule et engoncé dans un manteau trop cintré, elle s'empressait de le singer, rappelant qu'il jetait ses cendres et ses mégots par terre sans prendre garde au tapis ni au petit garçon qu'il prenait dans ses bras la cigarette au bec, qu'il avait une haleine de tabac douceâtre et de bonbons à la menthe, ceux qu'il tirait de la poche de son veston et auxquels Aristu songea tout au long de sa vie, à chaque fois qu'il assistait à un concert où les œuvres du compositeur étaient programmées, ce qui lui permettait, aux dîners et aux réceptions qui suivaient, en *black tie* ainsi que l'exigeait l'étiquette, de raconter aux convives installés autour de la table que dans son enfance il avait connu et fréquenté le compositeur, une figure historique aux yeux des autres, et qu'il s'était même assis sur ses genoux, « *which may give you an accurate idea of how old I am* », ajoutait-il à la fin de son récit, qu'il égayait en imitant les intonations du maître quand il parlait anglais, déclenchant les rires convenus de ses auditeurs, y compris de Connie, qui avait pourtant déjà entendu très souvent l'histoire et sa *punch line*, un art de la chute qu'il avait appris à maîtriser au cours de sa longue existence américaine, et nul en le voyant n'aurait pu croire qu'il n'était pas pleinement intégré, car il dominait non seulement la langue, mais aussi le sens de la théâtralité, Connie lui ayant servi de guide en la matière, et elle restait sa complice avec sa jovialité tout aussi instinctive que protocolaire, ses qualités d'hôtesse, sans parler de son élégance innée et de son physique éclatant non terni par l'âge, révélé par les robes ajustées qui découvraient sa gorge et ses épaules les soirs de grand gala, elle était plus jeune que lui mais pas autant qu'il n'y paraissait, si bien que les invités s'étonnaient d'apprendre qu'elle avait déjà des enfants majeurs, « *not already in college but long out of it and up in the world* », expliquait-elle de sa voix frémissante et légèrement nasale tandis qu'il souriait au bout de la table, en *tuxedo*, sa chemise blanche amidonnée rehaussée d'un nœud papillon noir, un sourire mesuré sur son visage espagnol qu'aucune expression américaine n'animait, à croire qu'il vivait toujours à Madrid, où il exerçait le métier d'officier de l'état civil ou de notaire, pourtant il parlait un anglais si châtié, si idiomatique qu'il suscitait l'envie des diplomates et des chefs d'entreprise espagnols qui, sans lui, n'auraient jamais été conviés à ces événements exclusifs, et ils lui demandaient conseil lorsqu'ils arrivaient d'Espagne, décontenancés et au fond complexés, pour apprendre à évoluer dans les circuits inhospitaliers des mondanités américaines, car privés de son aide, ils auraient vite été découragés et perdus, si ce n'est bernés, ignorant un principe que Gabriel avait intégré peu après s'être établi dans le pays, qui consistait à concilier une appréciation pragmatique et parfois crue de la réalité avec un simulacre d'enthousiasme fantaisiste, d'irréductible optimisme et même de candeur, cette fougue qui l'avait fasciné alors qu'il venait de s'installer, encore imprégné de la sombre inertie de la vie espagnole et de la déprimante crasse anglaise, l'été 1967, en Californie, « *the summer of love* », se rappelait-il avec une ironie polie, à l'époque où les quartiers noirs de Los Angeles s'embrasaient, où des étudiantes aux cheveux en bataille chaussées de lunettes aux verres colorés brûlaient leurs soutiens-gorge avec les briquets qu'elles utilisaient pour allumer des joints informes, il se sentait à la fois exalté et entraîné, porté en état d'apesanteur par le courant d'un monde où tout devenait soudainement facile, où les problèmes se résolvaient aisément, sans les lenteurs, les retards et les innombrables formalités qu'il y avait en Espagne pour la moindre chose, comme s'il venait de débarquer sur des terres où la force gravitationnelle était moins oppressante, où tout semblait à portée de la main, louer un appartement, se faire installer le téléphone, trouver un pressing ou un magasin de primeurs ouvert à trois heures du matin, étudier jusqu'à minuit dans une somptueuse bibliothèque universitaire, décrocher son permis de conduire, s'acheter une voiture d'occasion à un prix dérisoire, se mettre au volant sur une autoroute d'une largeur incroyable aux voies très bien signalisées, des lignes blanches qui se prolongeaient comme une invite vers un lointain illimité de collines bleues et de perspectives océaniques, tandis qu'à la radio se succédaient des stations qui diffusaient des musiques resplendissantes ou des discours aux voix vibrantes faisant la promotion de sodas ou d'appareils électroménagers, ou proclamant l'amour libre, la perception extrasensorielle, l'imminence d'une apocalypse sans miséricorde pour les impies, et tout était loin, si infiniment loin, au bout d'un autre continent, au bord d'un océan qui, de là, s'étendait sans obstacles jusqu'aux côtes du Japon, porté par la courbure vertigineuse de la Terre, si loin que Gabriel Aristu avait peine à calculer l'heure qu'il devait être à Madrid, et tout ce qu'il se rappelait, si toutefois il y parvenait, lui apparaissait rapetissé, décoloré, vieilli, et avant d'envoyer une carte postale ou une lettre, il lisait avec une impression d'irréalité l'adresse qu'il venait d'inscrire sur l'enveloppe, le nom du destinataire, ses parents, sa sœur, Adriana Zuber, dont il ne recomposait pas vraiment les traits dans son souvenir alors qu'il regardait sa photo glissée dans son portefeuille, qu'elle lui avait dédicacée le jour de leurs adieux, d'une écriture qui, à présent, en Amérique, lui semblait de manière inavouable désuète, comme celle d'une demoiselle de province, de même qu'il trouvait un peu vieillot ce portrait réalisé dans un studio, spécialement à son intention, pour qu'il l'emporte avec lui, elle le lui avait donné la dernière nuit ou plutôt au petit matin, quand ils avaient pris congé sans avoir fermé l'œil, surtout elle, Adriana, qui était insomniaque, car à un moment donné Gabriel s'était assoupi, et en rêvant à moitié il avait senti qu'elle l'embrassait, voulait qu'il se réveille, ou qu'elle luttait contre le sommeil pour ne pas laisser filer le temps, ne pas avoir à constater que le jour se levait ainsi que les oiseaux dans les cimes des jeunes acacias du quartier de Salamanca, enfouie sous les draps comme une plongeuse nue descendant dans une grotte ou un refuge secret à l'abri duquel la pudeur cédait le pas à une délicate hardiesse, avide de profiter des dernières minutes pendant qu'il ouvrait un œil, reprenait conscience sans tout à fait sortir de sa léthargie, la prolongeant dans la même vague de douceur lente, d'épuisement physique transmué en une forme nouvelle et assez douloureuse de désir, proche de l'évanouissement dans son intensité maximale et simultanée, d'une capitulation faite en grande partie d'incrédulité et de gratitude, s'étonnant tous deux d'avoir mérité ce qu'ils n'avaient jamais imaginé, à moins qu'il ne s'agisse de l'accomplissement ou de la confirmation tout à fait tangible, charnelle, sexuelle, de sensations qu'ils avaient devinées ou entrevues dans des films, des poèmes, des passages de livres et des musiques qu'ils appréciaient, qu'ils s'étaient découvertes, avec une affinité qui tenait de la divination et qui les avait surpris dès les premiers rendez-vous, mais existait avant qu'ils se connaissent, comme dans ce chapitre des *Essais* de Montaigne qu'ils aimaient lire à haute voix, « nous nous cherchions avant que de nous être vus [...] nous nous embrassions par nos noms », des mots qu'elle lui murmura de nouveau à l'oreille ce jour-là, tard dans l'après-midi, quand à peine quelques minutes après qu'il eut frappé doucement à la porte (il fallait déjouer la vigilance des voisins), ils arrachèrent leurs vêtements en se dirigeant d'un pas heurté vers la chambre à coucher, lui effaçant d'un baiser obstiné le rouge carmin qu'elle s'était appliqué avec tant de soin sur les lèvres face au miroir, dans les dernières minutes de l'attente, quand elle eut la certitude qu'il viendrait, peu avant de regarder par la fenêtre aux rideaux tirés et de le voir debout sur le trottoir, avec son air de conspirateur maladroit, son irrémédiable conventionnalisme de bon garçon, de bon étudiant, d'élève brillant de la London School of Economics qui venait d'être embauché dans un cabinet de conseil juridique et commercial de Los Angeles, toujours digne, calme, obéissant à toute norme visible ou non écrite, très vite confus dès lors qu'il n'avait plus aucune norme à suivre, comme toutes les fois où il avait dansé avec elle, les premières années, avant les rapides fiançailles puis le mariage d'Adriana avec l'autre, sans jamais se laisser aller, impeccable à chaque pas et raide comme un piquet, comme lorsqu'ils jouaient ensemble *Antoine et Cléopâtre* aux représentations scolaires du Lycée britannique, tous deux adolescents, lui avec son anglais si parfait, méticuleux et presque exaspérant, paniqué à l'idée de commettre une erreur qu'il ne se pardonnerait pas, même s'il était probable que nul ne la remarque, craintif de tout, y compris d'un rhume, si précautionneux, même lorsqu'il traversa la rue, s'approcha de la porte de son immeuble et leva les yeux en essayant de masquer ce geste vers le balcon où il ne la vit pas, mais distingua le volet qui s'entrouvrait et en ressentit une contraction douloureuse au ventre, l'attente, la peur et chacune de ses insécurités physiques qui s'intensifiaient face à elle, mais qui ce jour-là, en fin d'après-midi et toute la nuit, s'estompèrent sans laisser de trace, comme une partie de sa raideur, une partie seulement, quand elle lui ouvrit la porte et qu'il se trouva entraîné, enveloppé par l'atmosphère de sa beauté, sa tenue et sa coiffure, de son parfum aussi, pour le ramener au temps déjà lointain où ils s'étaient rencontrés, et la musique qui s'élevait dans l'appartement, un disque qu'il lui avait rapporté d'un de ses voyages à Londres, d'une chanteuse qu'elle aimait beaucoup et que Gabriel ne connaissait pas, mais voilà qu'il ne se rappelait plus son nom et ne prêtait guère attention à sa voix qui lui faisait cependant de l'effet, de même que le whisky-soda qu'elle lui avait proposé, tous deux étaient assis plutôt sagement dans le salon qui lui paraissait différent car c'était la première fois qu'il se retrouvait seul avec elle dans cet appartement, sans la présence excessive de son mari et d'invités plus ou moins nombreux, sans l'accompagnement d'une clameur de voix, dans un silence encore plus prégnant depuis que la musique s'était arrêtée, mais ils entendirent encore de longues secondes le crépitement du diamant sur le vinyle qui tournait toujours et qu'elle arrêta net, d'un geste impliquant une détermination bien supérieure à celle requise pour cette tâche accessoire, stoppant du même coup la progression languide de la conversation dans laquelle ils étaient plongés jusqu'alors, sans rapport avec le fait qu'ils soient là, en tête à tête, parce qu'elle lui avait demandé de venir avec un tel empressement que ne parvenant pas à le joindre après avoir composé plusieurs fois ses numéros à divers endroits, elle lui avait envoyé un télégramme insensé chez ses parents, « Suis seule – il est parti – ne rentre qu'après-demain – viens à 19 h », mais elle continua de l'appeler pour être sûre qu'il avait bien reçu son câble et aussi parce qu'elle était impatiente d'entendre sa voix qui maintenant, à l'heure de vérité, l'un et l'autre côte à côte, prêts à commettre un acte illicite et sans aucun doute dangereux, lui semblait vraiment neutre car il était timide et embarrassé, comme si l'air lui manquait, comme si au lieu d'être seuls sans avoir avancé le moindre prétexte ni la moindre excuse, ils assistaient à l'un des dîners auxquels il avait été convié un nombre incalculable de fois depuis qu'elle s'était mariée, où dès qu'ils s'adressaient la parole, même pour échanger des banalités, ils redoutaient de trahir un détail qui les mettrait à découvert, de révéler dans le ton de leurs voix ou l'expression d'un regard un lien excluant tous les autres, un espace secret qu'ils étaient les seuls à occuper, comme ils l'étaient réellement à présent, peu avant que le disque s'arrête, devant la table basse où en bonne hôtesse elle avait disposé les verres, le seau à glace, la bouteille d'eau de Seltz, quelques amandes salées, tous deux parlaient de tout et de rien tandis que le temps cependant limité passait, comme s'ils devaient feindre, entourés de témoins invisibles, lui avec sa politesse d'invité, d'ami de confiance de la famille, racontant à Adriana qu'il avait déjà fait sa valise, qu'il se rendrait d'abord à

New York et, de là, à Los Angeles, que son père souffrait de vertiges et avait parfois la tête qui tournait pendant les concerts, puis il cessa de parler et elle n'ouvrit pas davantage la bouche, le verre de whisky sur ses genoux serrés, le froid tiédissant du cristal sous ses doigts, et la musique s'étant tue ils n'entendaient que le bruit du diamant sur le disque qui tournait, jusqu'à ce qu'Adriana Zuber, d'un mouvement radical et prudent habituel dans ses réactions, car elle oscillait souvent entre la quiétude et l'impatience, relève le bras du tourne-disque, le rejoigne et s'asseye sur ses genoux, lui retire son whisky des mains et se serre contre lui, sépare ses lèvres et ses dents en y introduisant sa langue pour l'embrasser avec une audace qu'elle n'avait jamais témoignée à personne et dont il ignorait qu'elle puisse exister, et tout en l'embrassant elle lui caressait le visage, les cheveux et la nuque de ses mains, mêlait avec gourmandise à sa salive et aux ondulations de sa langue le goût du whisky et du rouge à lèvres qu'elle essuya en souriant de celles de Gabriel, après avoir écarté son visage du sien pour reprendre son souffle et le regarder dans les yeux, l'obligeant à bien les ouvrir pour la regarder elle, qui soudain lui parut moins jeune, ce n'était plus la fille qu'il connaissait et avait toujours désirée, statique dans le temps, qui n'avait pas changé depuis leur adolescence, lorsqu'ils se récitaient par cœur des vers de Shakespeare et d'Elizabeth Barrett Browning au Lycée britannique, mais une femme accomplie, concrète, charnelle, soumise aux aléas ordinaires de l'existence mais sans s'y résigner, désormais résolue à se montrer plus hardie et à accepter le danger, sans pour autant donner pour perdu ce qui lui importait le plus et que ni l'un ni l'autre n'avaient su défendre ni même admettre comme une réalité persistante, une sorte de magnétisme mutuel qui avait gagné en puissance car depuis quelques années, depuis qu'elle s'était mariée, il était devenu clandestin, et que bien avant cela il s'était étiolé à cause de l'intermittence et du découragement, des périodes d'éloignement parfois longues qui les avaient séparés, surtout à compter du moment où il avait commencé à séjourner en Angleterre, d'abord à Oxford puis à Londres, à la London School of Economics, un projet ou un simulacre de jeune *scholar* anglais entretenu au prix de pénuries extrêmes par ses parents, lesquels, à force de se sacrifier de façon exténuante, lui imposaient une dette morale dont il ne pourrait jamais s'acquitter, et qui à tout instant, les années passant, pesait de plus en plus sur ses épaules, suscitant en lui la double impulsion de les remercier, mais aussi de rendre l'argent et de partir en courant, Adriana y voyait un chantage contre lequel elle se révélait impuissante, car la droiture, la culpabilité, la reconnaissance, le sens du devoir, la loyauté filiale seraient toujours plus forts pour Gabriel Aristu que son amour pour elle et que son opiniâtreté à se consacrer à ce qui l'intéressait et le passionnait vraiment, l'une de ces choses qui le liaient à elle en plus du désir, et se mêlait à ce dernier, la ferveur de la musique, qui dans son cas revêtait la forme concrète de sa vocation pour le violoncelle, jouer Bach surtout, le jouer et l'écouter, les suites enregistrées en 1938 par Pau Casals, écouter et regarder de près Casals pendant qu'il jouait, lors des visites que lui et son père lui avaient faites lorsqu'il vivait dans son village d'exil ou son refuge champêtre de Prades, après qu'ils avaient voyagé à bord de trains de plus en plus lents pour passer la frontière française, le père aux cheveux prématurément blancs et le fils au seuil de l'adolescence, tous deux stricts et droits pour compenser le cahotement d'un convoi qui sentait encore l'après-guerre, tous deux revêtus de costumes austères, d'une honorabilité à la fois administrative et funéraire, tous deux absorbés à parts égales quand ils entendaient le vieux maître jouer en milieu d'après-midi, dans le jardin de sa maison modeste, immensément digne dans son pantalon et sa chemise noirs, ses espadrilles catalanes, assis sur une chaise en paille, la pique du violoncelle plantée dans les gravillons, et la musique montait comme des bulles d'eau, non pas dans le silence forcé d'une salle de concert mais dans un potager, à l'air libre, comme un ruisseau tumultueux ou une source dans la forêt, le violoncelle solo accompagné par le son des oiseaux et le bruissement des feuilles d'un cognassier qui ombrageait le jardin et imprégnait l'air du parfum de ses fruits jaunes et mûrs en ce début d'automne, immergeant Gabriel dans un émoi qui ne l'abandonnerait jamais, la révélation d'une beauté qui faisait naturellement partie de ce monde, comme la façade chaulée de la maison ou les coings opulents, le crissement du gravier sous les pieds solides de Casals, et qui était en même temps hors de ce monde, âpre et délicate, abstraite comme un théorème mathématique et aussi terrestre et concrète que la vibration du bois de la caisse de l'instrument, que la force des doigts paysans de Casals auxquels il songeait ensuite, toujours avec envie et quelques remords, en observant les siens presser la touche avec difficulté, mais peu à peu ils s'étaient fortifiés, ce qui les rendit plus agiles, ces doigts caressés et baisés par Adriana Zuber quand elle lui avait retiré son verre de whisky des mains, et après l'avoir embrassé sur la bouche elle l'avait regardé dans les yeux en tenant son visage pour l'empêcher de se détourner, de se dérober une nouvelle fois au défi qu'elle lui avait lancé dès le jour de leur rencontre ou presque, depuis qu'elle avait compris avec sa lucidité fulgurante que son talent encore inabouti et sa capacité de ferveur n'étaient pas plus puissants que son penchant pour le conformisme et une confuse lâcheté masculine imprégnée de sens du devoir, de la dévotion qu'il portait à ses parents, principalement à son père, angoissée et protectrice, une perpétuelle insomnie qui se transformait en obéissance, en besoin de satisfaire toutes les attentes qui, dès sa plus tendre enfance, s'étaient projetées sur lui, comme des vœux religieux contraints, une incessante course d'obstacles pendant laquelle il n'avait jamais failli ni déçu, ni à l'école, ni au British Council, ni au conservatoire, ni à la faculté de droit, ni à Oxford, ni à la London School, guidé par l'anxiété collective – père, mère, sœur – quant à ses notes de fin d'année, alors que toujours venait le soulagement, la vanité intime, la fierté démesurée et jamais apaisée ni entièrement comblée de ses parents, qui le reliait à eux dans une sorte de gratitude perverse pour tout ce dont ils lui avaient fait bénéficier, la dette qu'il n'en finirait jamais de payer malgré la volonté qu'avait Adriana Zuber de l'en émanciper, l'obligeant à se rapprocher de ses yeux, dans lesquels elle souhaitait qu'il se voie tel qu'elle le voyait, excité par le désir et conscient de qui il était réellement, de ses facultés et de ses inclinations les plus profondes, tout ce qui était en lui mais en sommeil ou nié, non reconnu, et qui l'avait conduit vers elle cette fameuse après-midi, le télégramme dans la poche, comme un talisman prompt à lui ouvrir des portes et à renverser des obstacles, à le rendre invisible pour le mener à elle à des heures où son sens du devoir l'aurait plutôt incité à s'exténuer dans d'incontournables adieux familiaux, avec des félicitations et des larmes versées en perspective du long voyage imminent, pour le ramener chez elle à l'heure indiquée, où elle n'avait pas peur et ne se souciait guère qu'on le voie entrer en l'absence de son mari, prête à oublier la honte maintenant qu'elle avait perdu tout le reste, à ne pas se séparer de lui comme les fois précédentes, feignant ou croyant tous deux que cela leur importait peu, qu'ils n'avaient aucune obligation ni exigences l'un envers l'autre, se gardant de dire ce qu'ils avaient au bout des lèvres, de mentionner directement dans leurs lettres ce qui, au fond, les poussait à les écrire, orientant vers la musique, la littérature ou le cinéma ce qui était un pur désir, la fièvre de se toucher et de s'étreindre pour ne jamais se séparer, comme ils le faisaient maintenant, puis elle se leva de ses genoux et passa une main dans ses cheveux ébouriffés sans lisser ses vêtements, sans corriger la tache de rouge et de salive qui rendait son sourire encore plus impudique alors que l'éclat bleu gris de ses yeux s'animait d'une expression parfaitement sérieuse, une détermination engageante également présente dans sa main tendue, ses doigts mouillés par la salive de Gabriel, sa paume qu'il trouva tiède et moelleuse quand il la serra avec plus de force qu'il ne l'aurait voulu, au point qu'il sentit les os fragiles sous la peau d'Adriana, qui peu après dénoua, arracha d'un air presque méprisant sa cravate comme un drapeau usurpateur qu'elle n'avait plus l'intention de tolérer davantage, une cravate d'avocat ou d'économiste mais non de musicien, une veste confectionnée sur mesure par le même tailleur aux épaules tombantes et à la peau diaphane qui coupait déjà les costumes de son père avant la guerre, tout ce qui le soumettait et le momifiait, ce qui l'avait forcé à renoncer à la fervente discipline de la musique et qui était sur le point de le propulser vers une carrière internationale juridique et bancaire dans ce cabinet de Los Angeles que son père et sa sœur mentionnaient avec beaucoup de fierté dans leur anglais déficient, dès le lendemain, à midi, d'ici quelques heures, si peu qu'il ne leur était pas permis d'en perdre une seule après en avoir gâché tant d'autres, de glorieux trésors gratuits de mois et d'années dont ni lui ni elle n'avaient su profiter et qui à présent prenaient pour eux la forme précise de cette rencontre, à la fin de cette après-midi, alors que le soleil déclinait, dans l'appartement qui lui donnait une impression d'irréalité parce que c'était celui d'un autre et qu'il s'y était rendu à de nombreuses reprises, un espace étranger qui cependant lui appartenait à elle aussi et, par conséquent, l'attirait et qu'il considérait comme secrètement à lui, plus intime à chaque pas qu'ils faisaient pour s'éloigner du salon en direction de la chambre, vers la porte close peinte en blanc qu'il avait parfois regardée avec rancœur et jalousie quand il était allé aux toilettes lors d'un dîner auquel il était invité, et qu'elle ouvrait maintenant de la hanche sans interrompre ses baisers, collée à lui, l'odeur de ses cheveux et de son haleine se confondant avec l'air plus chaud et les odeurs de la chambre, dans une pénombre nuancée par le couchant rougeoyant qui, de la rue, pénétrait dans les lieux par les volets qu'elle avait entrouverts pour le voir arriver, si consciente de ce qu'elle voulait que, quoi qu'il arrive, elle l'envisageait déjà comme une prédiction exacte alors que ni l'un ni l'autre n'avait en réalité rien prévu, rien imaginé ou désiré qui soit à la hauteur de ce qui survenait, durant le long moment qui s'était écoulé sans qu'ils prononcent un mot ni se rendent compte de la durée extraordinaire de ce silence, inflexible comme s'ils s'étaient trouvés à l'intérieur du miroir qui les reflétait, mais le jour s'estompant, il aurait été difficile de distinguer les contours de leurs corps qui sans incertitude ni angoisse s'étaient reconnus et synchronisés dès les premiers instants, à croire que les multiples années passées à se désirer leur avaient dispensé une éducation secrète, un savoir détaillé de chaque parcelle, chaque pli, tonalité et préférence cachée, les gestes, les regards, les frôlements leur suffisaient à se comprendre, ils n'avaient pas besoin des mots, les sons n'atteignaient pas le stade de l'articulation, ils se dispensaient du langage comme des vêtements et de la décence, devinaient à tout moment ce qu'ils devaient savoir et ce que l'un ou l'autre souhaitait avant même qu'il le sache, et qu'il ne découvrait qu'au moment où on le lui procurait, de sorte qu'en revenant une première fois de cette immersion, ils se regardèrent comme s'ils venaient de sortir la tête hors de l'eau et pouvaient enfin communiquer par des mots, comme s'ils s'étaient éveillés simultanément d'un rêve qu'ils auraient fait ensemble et étaient soudain confrontés à une réalité qui leur échappait et qu'ils avaient totalement oubliée, une réalité imperméable à la transformation qui s'était opérée en eux et dans laquelle ils étaient encore installés, coulés dans la lente inertie de la douceur sexuelle, entendant de très loin les bruits du quartier, aucune lumière allumée, à demi éclairés par les lueurs d'un lampadaire non loin de là, qui projetaient dans la chambre l'ombre agrandie et mouvante d'un arbre, allongés sur le lit dont ils n'avaient même pas soulevé les draps, le jeté en satin faisait frissonner leurs dos nus, Adam et Ève adultérins dans une chambre bien décorée du quartier de Salamanca, nus à une heure où la nuit était déjà tombée mais où se poursuivaient les bruits des activités diurnes, les pas des gens, les voitures, les cris de vendeurs ou de passants hélant des taxis, tout ce dont ils se sentaient absous, comme on l'est d'une faute qui pourtant reviendrait, pas tout de suite, heureusement, ni dans les prochaines heures, même si, d'un geste mesquin, il regardait le réveil sur la table de chevet et son faible éclat phosphorescent, songeant que ses parents l'attendaient probablement alors qu'il leur avait dit qu'il avait rendez-vous avec des amis pour prendre congé et qu'il aurait du retard, en fin de compte sa valise était faite et il avait préparé son passeport, son billet et tous ses papiers, mais rien de cela ne le tranquillisait, et Adriana Zuber le connaissait si bien que sans rien lui demander elle perçut dans son visage l'ombre de cette pensée, qui cependant cette fois se dissipa entièrement dans un accès de joie, quand il la vit sauter du lit, nue et élastique, lui tourner le dos et observer un moment à l'extérieur avant de tirer les rideaux après avoir fermé les volets, apportant dans la pièce un silence neuf qui préservait l'intimité à laquelle ils étaient parvenus depuis peu et les protégeait du dehors, si ce n'était de l'avidité du temps, qui s'était non pas arrêté mais de nouveau suspendu à mesure qu'ils se parlaient à l'oreille, qu'ils se confiaient tout ce qu'ils avaient tu au fil des années, qu'ils s'étonnaient, pour ne pas dire qu'ils s'enorgueillissaient, de se connaître depuis si longtemps, vérifiaient et corrigeaient des souvenirs, supprimant tout ce qu'ils regrettaient et auraient pu se reprocher, la lâcheté et la négligence de Gabriel, l'impatience d'Adriana, la façon dont chacun s'était laissé entraîner là où il ne voulait pas, la facilité fallacieuse qu'ils avaient eue tous deux à s'égarer dans des rêveries esthétiques au lieu de faire face aux âpretés pratiques, aux contraintes et aux chantages graduels de la réalité, aux expectatives et aux exigences d'autrui pendant une si longue période, comme si le malheur était obligatoire et la reconnaissance de ses propres besoins et désirs délictuelle ou déshonorante, un outrage à la bonté de ceux qui étaient si certains d'aimer quelqu'un qu'ils n'avaient pas le moindre scrupule à le condamner à l'infortune s'il leur semblait que c'était préférable pour elle ou lui, dit Adriana en revenant se serrer contre lui, sur le flanc, la forme prononcée de sa taille et de sa hanche très nettement dessinée dans la lumière de la lampe de chevet allumée depuis peu, devant laquelle elle avait retiré un moment auparavant la photo de son mari qu'elle avait retournée dans le tiroir, sans remords, sans trop réfléchir, avec autant d'aisance qu'elle en mettait à présent pour se plaquer contre lui, heureuse de sa chaleur, de l'odeur masculine qui désormais lui était familière, effaçait et annulait d'autres tristes odeurs conjugales, de même que le sinistre opprobre d'une mise à disposition de son corps, à laquelle elle ne s'était jamais vraiment abandonnée et qui la laissait aussi indifférente que si c'était arrivé à une autre, un acte sommaire, cru, pénible, forcé, par chance presque toujours rapide, un râle étranger qui prenait vite fin et dont l'empreinte ne résistait pas au jet d'eau chaude du bain, rien qui ressemble à ces effusions qui la transportaient et la faisaient défaillir, aussi intenses quand elle fermait les yeux et se laissait porter que lorsqu'elle les gardait ouverts et regardait tout, guidait et dirigeait, accélérant ou ralentissant leurs mouvements, l'arrêtant à un instant délicat et peut-être douloureux à un certain point, comme sur une crête ou une limite qui était également un seuil, au-delà duquel serait présent, elle l'imaginait, le sentait confusément, le vertige de l'irrémédiable, non pas une décision consciente mais une sorte de coup de mer qui l'entraînerait elle, les entraînerait tous deux vers une rupture sans retour possible dans la vie précédente de chacun, dans la décence, la respectabilité, la lâcheté, le monde où ils avaient toujours évolué et où ils demeuraient maintenant, en dépit d'une sensation ivre de liberté, comme de blasphème jubilatoire, comme s'ils avaient pris la fuite, à l'image de deux complices après un détournement de fonds qui se retrouvent à l'hôtel dans une des villes étrangères où à une autre époque ils projetaient de voyager ensemble, anonymes et libres, sillonnant les halls d'hôtels, les places remplies de cafés avec des stores et des guéridons, exaltés sans pudeur par l'amour et investis l'un et l'autre dans l'accomplissement de leur véritable destin, pas dans la lourdeur espagnole à laquelle ils s'étaient résignés, ni dans cet appartement familial qu'Adriana Zuber occupait comme si c'était un décor, celui d'une des pièces de théâtre que l'emmenait voir son époux en compagnie de couples de la classe moyenne supérieure, smokings et robes de soirée, la position domestique qu'elle avait occupée de sa propre volonté, enveloppée d'une sorte de brume apathique dissimulant la suspicion de s'être trompée et dont il lui semblait ne s'extirper que maintenant, cette fameuse nuit, dans la témérité sans remords d'avoir retrouvé Gabriel Aristu là, précisément, d'avoir profané avec lui sa chambre, le lit conjugal et la salle de bains où, se rappelait-il, ils s'étaient douchés tumultueusement tous les deux, utilisant les serviettes qui avaient été il n'y avait pas si longtemps des cadeaux de mariage, les draps aux initiales brodées par les sœurs d'un couvent du quartier, sens dessus-dessous, froissés avec une fureur qui jusqu'alors n'avait jamais autant actionné les ressorts de ce lit, ou du moins préférait-elle l'oublier à présent, effacer tout ce qui se situait en dehors de ces instants qu'elle se plaisait à se remémorer à ses côtés, elle et lui apaisés, épuisés, plus soudés que jamais, l'un contre l'autre, murmurant dans cette proximité si convoitée, se rappelant l'époque où ils s'étaient rencontrés et toutes les occasions qu'ils avaient ratées ou gâchées au fil des années, une pudeur maladive, des signes envoyés par l'un sans que l'autre les remarque, des élans esthétiques alimentés en vérité par l'urgence du désir, dissipés ou avortés faute d'un simple geste, d'un mot, d'une main qui aurait dû se tendre dans l'obscurité d'un cinéma ou d'une salle de concert pour serrer la main voisine qui, prenant les devants, s'était rapprochée et attendait, tout ce qui avait été refoulé débordait et revivait, incandescent, nourri par leurs propres effusions, leur permettant de se montrer l'un à l'autre tels qu'ils ne s'étaient jamais vus, « ils étaient tous deux nus et ils n'en avaient point honte », un passage de la Genèse qu'il aimait se réciter bien des années plus tard, quand le souvenir de cette nuit, estompé avec le temps, avait commencé à revenir de manière intermittente dans sa mémoire, tantôt en pleine conscience, tantôt à travers le filtre sous-marin des rêves, quand il se réveillait au milieu de la nuit, les yeux ouverts dans le noir, tremblant de gratitude en songeant à ce cadeau qu'il n'avait rien fait pour mériter et n'aurait peut-être pas reçu s'il n'avait pas été tiré du sommeil juste à ce moment-là, ou si la chimie versatile de la mémoire des rêves avait effacé ces images dès qu'il avait soulevé les paupières, un malheur et une perte qu'il avait souvent dû subir à son insu, somnambule dans sa propre vie, à soixante-dix ans et quelques comme à vingt ans et des poussières, ballotté au mépris de ses réelles impulsions et en fonction des intentions et des projets de tiers, des courants impersonnels et incertains qu'il n'avait pas perçus quand on l'avait poussé de Madrid vers Londres et, de là, jusqu'à Washington et New York, puis de nouveau à Madrid, comme les saumons qui reviennent au point exact de la rivière où ils sont nés après avoir traversé deux fois un océan, avec un degré de maîtrise a priori conscient de leurs itinéraires, déclara-t-il en partant d'un petit rire sec qui ne parvint pas à adoucir les traits sévères de son visage espagnol qu'Adriana Zuber venait de toucher, comme pour en obtenir confirmation par un souvenir tactile et visuel, d'un geste identique à celui qu'elle avait eu plus de cinquante ans auparavant, même si ses doigts étaient désormais déformés, distordus, mais pas au point qu'il ne les reconnaisse pas, ces doigts très fins aux courts ongles enfantins vernis d'un rouge éclatant, comme pour nier hardiment la maladie et la vieillesse, qui touchaient son visage comme l'auraient fait ceux d'un aveugle, pourtant ses yeux avaient conservé leur clarté, leur expression attentive et téméraire, tout leur éclat d'autrefois, et ce n'était pas la seule particularité demeurée intacte car elle avait gardé une peau lisse et éclatante, la forme de sa bouche et de son sourire, la délicatesse de son menton osseux et de ses pommettes saillantes, sa voix sans doute aussi jeune que ses yeux, mais il n'était pas sûr de se la rappeler, il l'avait rarement entendue dans ses rêves, où il avait cependant souvent vécu des moments similaires ou rigoureusement identiques, des moments relevant à la fois du souvenir et de la prédiction, qui le renvoyaient dans un passé lointain et lui proposaient une suggestion exaltée de la réalité et du présent pleine de remords et d'espoir, parce que la beauté revenait avec force, tout comme la honte de l'époque, et qu'elle pansait les blessures des ans, la déchirure jamais cicatrisée remontant à un demi-siècle, presque hier, quand Adriana Zuber, tard au cours de cette fameuse nuit à la fois fugace et hors du temps, avait mis un terme à leur conversation inconsistante et pondérée, tous deux en passe de sombrer dans une somnolence qu'ils ne pouvaient pas se permettre, et qu'elle s'était dressée devant lui, les cheveux en pluie sur son visage, les yeux et les lèvres luisant dans la pénombre, pour lui dire brusquement, en approchant ses seins si près de lui qu'il aurait pu les embrasser, « emmène-moi, demande-moi de partir demain avec toi et je cours préparer ma valise pour tout abandonner », assise sur ses genoux face à lui, serrant sa taille entre ses cuisses écartées, prenant son visage entre ses mains, le bout de ses doigts sur ses pommettes et ses tempes, comme si elle voulait lui faire hocher la tête dans une affirmation qui ne vint pas, de même qu'il ne prononça pas le moindre mot et détourna les yeux à défaut de pouvoir incliner sa tête qu'elle soutenait, soudain inquiet, inerte sous la pression de ses cuisses, effleurant son duvet pubien, et Adriana comprit en une fraction de seconde le sens de ce silence, cette immobilité à présent réfractaire à la pulsation sensitive qu'imprimaient ses cuisses à son corps, un peu avant de s'écarter de lui comme pour descendre de cheval, tout en dardant sur lui ses yeux étincelants qu'il ne pouvait pas éviter alors qu'il avait momentanément cessé d'être réceptif à leur hypnose, et après s'être rassise sur le lit dont il n'avait pas bougé bien que soucieux de l'heure qui tournait, Adriana Zuber lui adressa ce qui était tout autant une question qu'une affirmation, « tu ne m'emmèneras pas, je le sais, tu vas partir et travailler dans ce cabinet d'imposteurs, et tu ne reviendras pas, au début tu m'écriras que tu penses à moi et que je te manque, puis tu arrêteras, moi je ne compte pas t'attendre ni renoncer à tout ce que j'ai pour te suivre, et nous mènerons chacun notre vie de part et d'autre du monde », elle n'avait à aucun instant levé le ton, posa l'index sur ses lèvres quand il fit mine de la contredire mollement avant de s'habiller sans un mot et de consulter l'heure sur le réveil de la table de chevet, calculant le temps qui lui restait avant son vol, quittant l'appartement la tête basse, avec un sourire timide, jetant un dernier coup d'œil à la pièce où traînaient encore leurs verres à demi consommés au début d'une soirée déjà lointaine, il s'y voyait à présent, cinquante ans après, comme s'il ouvrait les yeux dans un rêve, un de ceux où on est certain d'être éveillé, où il répétait à Adriana les mots qu'il venait de prononcer en sa présence, affichant la méfiance attristée d'un homme qui a essuyé de manière répétée la même déconvenue, « Si je suis avec toi c'est que tout ça n'est qu'un rêve en dépit des apparences, maintenant je vais me réveiller chez moi, à New York, et ce moment si réel qui est le point culminant de ma vie n'aura jamais existé ».

II

C'était la première fois que Gabriel Aristu arrivait en retard à un de nos rendez-vous, la première fois aussi que nous déjeunions ensemble non pas à Washington ou à New York mais à Madrid, où je séjournais parce que je donnais un cours au musée du Prado. Contrairement à son habitude de tout anticiper à outrance, il m'avait écrit de Genève en m'annonçant avec un certain mystère qu'il comptait s'échapper de cette « pénitence professionnelle », et si j'étais libre dans ce délai très court, il se ferait un plaisir de m'inviter à déjeuner à Madrid. C'était toujours lui qui choisissait les restaurants où nous allions. Il observait une inflexible ponctualité d'Européen du Sud qui vit aux côtés d'Anglo-Saxons et s'escrime à démentir par ses actes les lieux communs et les préjugés qui seront inévitablement associés à sa personne, avec ou sans condescendance. Notre amitié, dans la mesure où ce terme pouvait définir notre relation, s'était nouée au fil des années et des rendez-vous que nous nous donnions tôt dans la journée, à heure fixe, à l'occasion de déjeuners où nous engagions des discussions enrichissantes et fluides, qui s'achevaient très exactement deux heures plus tard, avec une précision de nature à la fois instinctive et préétablie. Aristu n'avait pas besoin de commettre l'impolitesse de consulter sa montre à la dérobée, et je ne me sentais pas investi de l'autorité suffisante pour mettre un terme à notre repas, ne possédant pas l'aptitude américaine à feindre de crouler sous les obligations et les rendez-vous afin de prouver mon énergie et la valeur de mon temps. Aristu réservait une table dans des établissements sérieux et discrets aux prix raisonnables, presque toujours français, avec une belle carte de vins à consommer au verre – jamais nous n'avons partagé une bouteille entière – et des conditions acoustiques propices à la conversation. Même après avoir pris sa retraite, il était le genre d'homme à avoir des engagements énigmatiques, confidentiels si ce n'est secrets. Je l'avais vu à de multiples reprises, parmi les invités d'une réception, s'éclipser en prenant quelqu'un par le bras, deux têtes inclinées et concentrées, ou parler au téléphone en regardant l'assistance du coin de l'œil. Mais quand nous étions seuls et que nous nous installions pour déjeuner, jamais il n'avait interrompu notre dialogue ou le plaisir que lui procurait un plat ou le vin pour répondre à un appel. Je me dirigeais vers le restaurant très tôt afin d'être sûr d'arriver à l'heure et peut-être espérais-je le devancer. Mais immanquablement il était déjà là, examinait par instants son écran d'un air sévère, puis éteignait son téléphone et s'empressait de le ranger dès qu'il me voyait, comme pour faire disparaître toute trace d'incorrection éventuelle. Il le rallumerait quand il s'éloignerait de moi et rentrerait chez lui sans hâte, en empruntant les rues latérales de l'Upper East Side, qui m'avait-il dit lui rappelaient par leur quiétude celles du quartier de Salamanca. Nous prenions congé et lorsque je le voyais marcher seul dans ce quartier de New York, il m'apparaissait que ce qui le différenciait des autres était le calme suranné de ses pas, plus évident encore à mes yeux quand, au lieu de nous séparer, nous flânions un peu ensemble car il m'accompagnait jusqu'au métro, ou que par beau temps nous n'avions pas envie d'interrompre une conversation savoureuse où nous abordions à peu près tout ce qui avait trait à la vie, la politique, la littérature, la musique, tout hormis les sujets très personnels, que nous n'abordâmes qu'à nos derniers déjeuners. Il marchait plus lentement que moi, non parce qu'il était de vingt ans mon aîné, mais parce qu'il s'était accoutumé très jeune aux discussions ambulantes, activité sans doute propre aux capitales des provinces espagnoles, comme l'était le Madrid de ses souvenirs. Il y avait toujours un moment où il s'arrêtait pour ponctuer ce qu'il me racontait, souligner par son immobilité une expectative, attendre que je réponde à une question difficile. Des New-Yorkais impatients nous contournaient dans leurs implacables trajectoires, manquant de nous rentrer dedans, et nous faisaient savoir par des gestes voire des insultes à voix basse que nous ralentissions le cours de leurs vies.

Du fait de notre réserve ou d'une inaptitude masculine, nous parlions rarement de choses intimes. Quand nous nous voyions, tant d'autres sujets de conversation se présentaient que nous ne ressentions guère le besoin de nous répandre en confidences. Lorsque Gabriel Aristu avait assisté en tant que membre éminent de l'*advisory board* à la réception organisée par le centre d'études hispaniques de l'université de Virginie, où nous nous étions rencontrés, il était accompagné de Constance, Connie, une femme à la maturité resplendissante avec qui il avait fêté peu de temps auparavant ses noces d'argent, m'avait-elle révélé de l'air enjoué teinté d'espièglerie et de détachement qui la caractérisait, une franchise américaine très pondérée et très efficace. J'étais aux États-Unis depuis à peine deux semaines, l'euphorie des premiers jours n'était pas encore retombée, un mélange – aux effets aussi incontrôlables que ceux d'un cocktail – constitué de l'immense délivrance de m'être éloigné de tout ce que j'avais laissé en Espagne et du foisonnement de sensations et de découvertes réservées aux nouveaux venus.

Cela m'embarrasse de l'admettre aujourd'hui, et même de l'évoquer, mais à ma décharge, d'autres voyageurs m'ont avoué avoir connu cet état d'excitation pour s'engager ensuite sur un chemin similaire au mien, qui les a conduits à la résignation ou à la déception, si ce n'est au soupçon ou à la certitude qu'ils s'étaient trompés de vie en préférant rester aux États-Unis. Débarqué de fraîche date, à ma grande surprise, il n'y avait rien dans ce que je voyais qui ne m'arrache une approbation immédiate et enthousiaste, une exaltation de benêt. Prompt à tout apprécier, j'aimais jusqu'au logo de la compagnie aérienne, United, qui m'avait permis de voler de Madrid à Washington, et bien qu'en classe touriste j'avais adoré l'avion, l'odeur et la saveur des repas synthétiques que nous proposaient les hôtesses aimables, presque maternelles dans leur maturité. J'étais transporté et effrayé par le paysage de forêts et de marais, les estuaires d'immenses cours d'eau que j'apercevais au-dessus de l'aile inclinée de l'appareil qui amorçait son atterrissage, la vision lointaine, au bout d'une esplanade, de la coupole blanche du Capitole, le fleuve qu'un de mes voisins de siège nomma en accentuant le beau mot *Potomac* non pas sur la troisième syllabe, comme je le supposais, mais sur la deuxième. Le monde réel était très exactement comme au cinéma. Le ciel était limpide dans cette après-midi de janvier qui s'éternisait déjà depuis de longues heures. À l'horizon s'étendait le grand incendie du couchant. J'étais impatient d'arriver et néanmoins mort de peur. Pas encore remis d'un divorce brutal et du souvenir de ma fille m'annonçant au téléphone, d'un ton d'une dureté froide qui déformait sa voix d'enfant, que c'était la dernière fois qu'elle me parlait et qu'elle ne me reverrait plus jamais, « de ma vie », avait-elle dit dans une truculence de mots empruntés.

Après le contrôle de mon passeport et la récupération de mes bagages, des formalités bien plus légères avant le 11 septembre, je gagnai la sortie parmi un flot de passagers composé en majorité des personnes aux coiffures multicolores et aux tuniques flottantes qui escortaient un haut dignitaire africain. Le professeur Bersett, venu m'accueillir, agitait une pancarte à mon nom et levait ses très longs bras au-dessus de la foule de fervents compatriotes du dignitaire qui venait d'atterrir. En début de soirée devait arriver de Monticello, entouré d'une cohorte tout aussi festive, Bill Clinton, le président récemment élu. J'écouterais et verrais son discours d'investiture quelques jours plus tard, en direct, sur un écran géant installé dans un des imposants salons de l'université, au milieu de professeurs et d'étudiants qui applaudissaient, criaient et sifflaient, emportés par un élan d'allégresse un peu naïf d'événement sportif, modestement fier d'avoir presque tout compris. Que le président soit aussi jeune et qu'il vienne juste d'entrer en fonction me plaisait, mon antiaméricanisme acharné de gauchiste espagnol s'en trouva dissous comme un grumeau insignifiant de préjugés inutiles. En aucune façon le sentiment d'imposture de ma vie et le trauma du divorce – j'emploie ce mot dans son sens littéral et physique, un accident qui laisse le crâne fracturé, un coup de marteau, un choc frontal sur la route – ne disparaissaient ou ne s'amenuisaient, mais ils demeuraient en suspens, et par instants leur morsure semblait se relâcher. Mon amour pour ma fille était si intact que la seule peine que j'endurais était le manque, qui serait certainement vite apaisé, j'en étais persuadé, par nos échanges de lettres et d'appels téléphoniques, et qui se terminerait à la fin du semestre, lorsque je rentrerais en Espagne à une date qui semblait encore lointaine, voire improbable, mais qui figurait sur mon billet de retour.

Les espaces intérieurs que me fit traverser le professeur Bersett avant d'atteindre le parking me parurent magnifiques. Sa voiture était un 4 × 4 aux proportions excessives. Je vis pour la première fois, dans un sursaut, une ceinture de sécurité qui s'ajustait automatiquement. Les rétroviseurs extérieurs étaient plus grands qu'en Espagne. L'autoroute sur laquelle nous débouchâmes avait une amplitude amazonienne. Des deux côtés s'élevaient des forêts de hauts arbres hivernaux que le coucher du soleil plongeait dans une ombre grisâtre, plus épaisse sur la ligne d'horizon composée de collines. Quand la nuit tomba, les voies s'éclairèrent et l'obscurité des bois devint impénétrable. Tel était l'impact du changement d'échelle pour un Européen du Sud, le côté démesuré, expansif, exorbitant de l'Amérique. Sans remords, je commençai à dire « Amérique » et non « États-Unis » pour désigner le pays que dans ma prime jeunesse j'avais qualifié avec mépris de « Gringoland ». Sur les panneaux de direction tout en hauteur, fixés sur de solides structures métalliques et éclairés de façon théâtrale par le bas, se dessinaient en lettres blanches sur fond vert des noms exotiques de lieux, des numéros de routes, des chiffres de distances en miles, un continent tout entier qui se déroulait devant moi. Des enseignes lumineuses de chaînes de restauration rapide et d'hôtels flottaient au loin en altitude, les arcs dorés de McDonald's, la cloche de Taco Bell et beaucoup d'autres que je ne connaissais pas encore, Ruby Tuesday, KFC, Holiday Inn, Howard Johnson's. Le manque de sommeil et le changement d'heure rendaient tout cela plus irréel. Le professeur Bersett me parlait anglais en conduisant et je le regardais avec une attention soutenue dans la pénombre croissante, ébauchant le petit sourire d'un homme qui ne comprend quasiment rien à ce qu'on lui raconte.

Nous nous arrêtâmes pour effectuer des achats dans un supermarché gigantesque, le premier Walmart de ma vie. Son immensité me parut désolante quoique romanesque, ou plutôt cinématographique, les pyramides monumentales de papier hygiénique, les couloirs en linoléum luisant entre les défilés de rayonnages au fond desquels j'entrevoyais parfois une personne seule et obèse poussant un caddie. Sans m'en rendre compte, je me perdis et me retrouvai devant un mur de plusieurs mètres de haut où étaient suspendus d'énormes jouets de guerre d'une étrange vraisemblance, tous enveloppés d'emballages en plastique qui épousaient leurs formes et exagéraient leur brillance sous les puissants néons qui éclairaient tout le magasin comme l'intérieur d'un immense réfrigérateur : pistolets, fusils-mitrailleurs ou de chasse à lunette télescopique. En les examinant de plus près, je compris dans un frisson qu'il s'agissait d'armes réelles. Le professeur Bersett m'expliqua ensuite qu'on pouvait les acheter aussi facilement qu'une bicyclette ou un grille-pain. Le long d'un tronçon d'autoroute il me montra des constructions basses aux enseignes calligraphiques qui étaient des magasins d'armes, et me demanda de prêter attention aux pétarades intermittentes rappelant celles de feux d'artifice par une nuit d'été. C'étaient les clients qui essayaient leurs futures acquisitions dans les stands de tir. « *Welcome to America* », dit-il avec sarcasme ou fatalisme, je l'ignore, peu avant de prendre une sortie dans cette nuit d'hiver glaciale, sous un ciel d'une ampleur que je n'avais jamais vue, d'un noir d'encre, étincelant de constellations, d'autant plus surprenant qu'il était apparu brusquement, sans préambule, devant nous, ainsi que tout surgissait et changeait en Amérique, et sitôt après avoir quitté l'autoroute nous nous enfonçâmes dans l'épaisseur d'une forêt aux arbres nus et très hauts balayés par le faisceau des phares de la voiture. Parmi eux s'élevait, de temps en temps, donnant toujours l'impression d'être en retrait et cachée, une maison dont une fenêtre ou le porche étaient éclairés. C'était comme rêver qu'on était dans ces bois et qu'on avançait dans le noir vers la lumière d'une maison, au terme de nombreuses heures de trajet, comme voir l'illustration d'un conte.

À l'âge de trois ou quatre ans, ma fille était si impressionnée par les images des histoires que je lui lisais avant qu'elle s'endorme qu'elle en rêvait. Une nuit qu'elle était dans un état fébrile mais ne voulait pas que je la prive de son récit, je lui avais lu *Pinocchio* dans une édition illustrée par Innocenti. Une illustration représentait un homme méchant avec une grosse barbe assis devant un feu impressionnant. L'éclat rougeoyant des flammes éclairait par le bas son visage barbu, ses yeux exorbités, son rire mauvais. Dans son sommeil ma fille rêva qu'elle était à côté du foyer et que le barbu l'y poussait. La chaleur de la fièvre devenait celle des flammes proches de sa figure.

Nous atteignîmes ce qui ressemblait à une clairière, puis le professeur Bersett arrêta sa formidable voiture près d'une rangée indéfinie de maisons en brique de deux ou trois étages, échelonnées à flanc de colline. J'allais vivre dans l'une d'elles les prochains mois du semestre hypocritement appelé « du printemps », mais qui serait surtout celui d'un hiver rude, auquel succéderait brusquement un été luxuriant à la chaleur aussi irrespirable que la touffeur d'une région marécageuse des tropiques. Dès que le professeur Bersett ouvrit la porte et alluma les lumières de mon appartement, tout ce que je découvris me parut une fois de plus admirable, solide, assez gigantesque, le téléviseur comme les placards, les fenêtres, le lit, la baignoire, le téléphone, un de ces imposants combinés américains de l'époque, cubiques, lourds, qui avaient l'air taillés dans un matériau très dur et résistant. Dans l'impressionnant réfrigérateur, le professeur Bersett avait stocké au préalable de la nourriture et des boissons, il y avait même une bouteille de rioja et un plat précuisiné de la marque Lean Cuisine, à laquelle je dois dire que je pris goût ou me résignai pendant mon séjour. De manière expéditive, mais avec une grande clarté pédagogique en partie gâchée par ma compréhension limitée de la langue, le professeur Bersett m'expliqua le fonctionnement des appareils et prit congé jusqu'au lendemain matin, me laissant seul dans ma première nuit américaine, troublé, exalté, calculant encore avec difficulté le décalage horaire avec l'Espagne, les six heures d'avance du temps où vivait désormais ma fille, qui à cet instant devait dormir dans une chambre que je pouvais encore me remémorer en détail, car j'avais choisi la plupart des objets qu'elle contenait. En descendant de voiture, un vent sec et glacial et une intense odeur de forêt m'avaient accueilli. Je prenais conscience qu'il régnait dans l'appartement une chaleur si torride qu'elle m'oppressait les tempes et me donnait la nausée, et que j'étais incapable de baisser le chauffage parce que je n'avais pas compris les instructions du professeur Bersett à propos du thermostat.

J'entrouvris la fenêtre et une lame d'air glacial traversa la pièce. Un silence abyssal m'environnait. Les bois débutaient à quelques mètres de la fenêtre derrière laquelle j'étais posté, immobile, comme sous hypnose. Si je posais la main sur la vitre, la chaleur irrespirable de l'appartement se transformait en glace. Le professeur Bersett était parti depuis un moment mais j'étais resté debout, n'avais pas touché à mes bagages, toujours par terre, à croire qu'au fond de ma conscience je ne parvenais pas à me persuader que j'étais arrivé, que j'allais vivre là, que je devais commencer à m'installer, faire mon lit, ranger mes affaires de toilette dans la salle de bains, mes vêtements dans la penderie. À l'intérieur de ce logement destiné à être mon foyer, je me sentais comme dans la salle de transit d'un aéroport. D'un côté les fenêtres s'ouvraient sur la forêt, de l'autre sur un parking. Je n'avais pas idée du nombre d'heures que je consacrerais à observer ce paysage, souvent debout, dans un silence et une solitude qui gommaient la notion du temps, ou assis dans un fauteuil pivotant profond aux accoudoirs et au dossier en cuir très abîmé, qui serait pour moi une sorte de terrier à l'intérieur d'un autre terrier, l'orientant vers le téléviseur archaïque pendant mes nuits d'insomnie, où je ne cessais de regarder des films en noir et blanc, d'obscurs westerns et des *thrillers* de série B des années 1940, avec des personnages d'une solennité statique, comme certaines figures des fresques de Giotto, programmés par les chaînes à des heures qui garantissaient la pérennité de leur oubli, leur étrange condition de chefs-d'œuvre mineurs et secrets. Cette première nuit, c'est mon extrême fatigue qui me maintint éveillé, incapable de passer à l'étape suivante de mon arrivée, d'ouvrir ma valise, d'en sortir au moins ma trousse de toilette, de me brosser les dents et de me mettre au lit. Mes yeux se fermaient et je sentais la pression du vertige sur les tempes. Je les rouvris tout à coup, après quelques minutes ou quelques secondes de sommeil, déconcerté par l'énorme lit et la chambre où je me trouvais, qui s'étaient effacés de ma mémoire lorsque je m'étais endormi. La fenêtre dépourvue de rideaux de cette pièce avait la taille disproportionnée de celles de certains tableaux d'Edward Hopper. De l'autre côté, à plusieurs mètres de moi, dans la zone asphaltée séparant la maison de la forêt, un cerf ou un daim dressait son cou épais surmonté d'immenses bois arborescents et m'observait, ses grands yeux attentifs étincelant dans le noir.

Au restaurant je venais de nouveau de consulter ma montre, très surpris, pour ne pas dire alarmé de ne pas voir apparaître Gabriel Aristu, et je me remémorais mes premiers temps en Virginie, déjà lointains, le dîner organisé en son honneur par le *chairman* du Centre hispanique, dans un des salons coloniaux de l'université, où j'évoluais encore furtivement, doutant de ma légitimité à faire partie de cette magnificence, les plafonds si hauts, les colonnades hellénistiques dessinées par Thomas Jefferson en personne, les érables et les chênes du campus aussi imposants que ces dernières, les parquets étincelants qui craquaient avec beaucoup de style sous mes pas, ainsi qu'ils l'avaient fait sous ceux des pionniers éclairés bien qu'esclavagistes du XVIIIe siècle, les murs grenat ornés de galeries de portraits d'hommes illustres aux perruques poudrées pour les premiers, puis vêtus de redingotes noires aux cols blancs et rigides, les fauteuils en cuir du Faculty Club, dans lesquels je ne parvenais pas à m'asseoir à mon aise malgré l'opulence de leurs dossiers et de leurs accoudoirs noblement éraflés, presque polis par les coudes de générations d'éminents professeurs qui devaient s'installer devant les cheminées aux manteaux monumentaux où se consumaient d'abondantes bûches parfumées pour lire des volumes d'une grande érudition académique et des journaux aux caractères serrés et aux pages si grandes que leurs bras se fatiguaient à les garder déployées, en dépit des baguettes de lecture en bois qui les soutenaient, comme dans un café viennois ou berlinois sous l'Empire austro-hongrois. En ce temps-là, au début des naïves années 1990, il n'y avait pas encore de contrôle de sécurité au pied des immeubles, pas de portiques détecteurs de métaux ni de cartes magnétiques pour ouvrir des portes qui, autrement, demeuraient inaccessibles, et encore moins de vigiles en uniforme et armés qui vous faisaient subir un examen menaçant d'officiers des services d'immigration ou de fonctionnaires des prisons. Grâce aux bons offices de Gabriel Aristu, la banque de Washington, où il était cadre supérieur et finançait des projets de développement en Amérique latine, avait subventionné la chaire d'arts plastiques dont je serais un des professeurs invités, me sauvant provisoirement de la débâcle du divorce et me proposant un alibi, la possibilité de fuir. On m'avait dit que la tenue *black tie* serait de mise au dîner. L'étourdissement des premiers jours et mes difficultés à comprendre l'anglais ne m'avaient pas permis de saisir toute la réalité du code vestimentaire rattaché à ce terme. J'ignorais également le sens exact de l'étrange mot *tuxedo*. Gabriel Aristu portait le sien avec une aisance impeccable, sans doute liée, en plus de l'habitude d'arborer le smoking, à la renommée du tailleur de Washington D. C. qui le lui avait confectionné sur mesure. Quand on nous présenta au cocktail précédant le dîner, un simple coup d'œil lui suffit pour s'apercevoir que j'avais loué le mien, qui plus est à la dernière minute, dans le magasin pouilleux d'uniformes et de déguisements où le professeur Bersett m'avait emmené à une vitesse avoisinant celle des ambulances du service des urgences, dans un *strip mall* à l'écart dont la moitié des commerces avaient mis la clé sous la porte, à l'exception de quelques magasins de spiritueux, lorsqu'il avait pris conscience que l'événement commençait deux heures plus tard et que je ne m'étais même pas donné la peine de me renseigner sur la signification essentielle de mots tels que *black tie* et *tuxedo*.

Au cours de mes premières semaines en Amérique, l'affable professeur Bersett vécut par ma faute dans un état de stress permanent. Que ce soit à pied ou au volant de ma voiture d'occasion, je me perdais aussi bien dans les rues de la banlieue de Charlottesville que dans les couloirs et les sentiers de l'université. J'arrivais en retard aux rendez-vous, quand je ne les ratais pas purement et simplement, je me trompais dans mes heures de cours ou ne me rappelais plus dans quelle salle je devais les dispenser, je ne retrouvais pas les diapositives de peintres baroques de second ordre auxquels je consacrais de manière absurde une partie de ma vie. À mes yeux tout était labyrinthique : les quadrilatères et les constructions du campus, leur splendide monotonie de colonnes et de frontons néoclassiques, les profondeurs numérotées et alphabétiques de la bibliothèque, qui déployait sous terre ses corridors humides et ses cabines monacales, la topographie de la ville dispersée entre les forêts et les bretelles d'autoroutes, les centres commerciaux, les parkings semblables à de hauts plateaux désolés, les artères supposées être des rues qui, au-delà de quelques immeubles plus ou moins alignés, dérivaient en routes encore plus confuses, car tout du long se succédaient les mêmes noms de marques sur des enseignes lumineuses, les mêmes stations-service, motels, magasins d'armes avec des fusils en néon tirant des rafales multicolores dans la noirceur de la nuit.

Nerveux comme je l'étais à cette première réception, le col de ma chemise trop serré par le nœud papillon, en sueur à cause du chauffage trop élevé et du tissu épais de mon *tuxedo*, qui était déjà imprégné d'une ancienne odeur de transpiration quand je l'avais essayé, me retrouver assis à côté de Gabriel Aristu et bavarder avec lui en espagnol me rasséréna. Quelque chose en lui m'intimidait quand il était debout et examinait les gens au moment des présentations, avec discrétion mais de la tête aux pieds, d'un seul et habile coup d'œil. Mais il y avait par ailleurs en lui une sobriété faciale qui contrastait beaucoup avec les mimiques changeantes de ceux qui l'entouraient, de même que sa voix, qu'il parle espagnol ou anglais, se distinguait des voix de l'assistance, aiguës, emphatiques, théâtrales, enthousiastes, pleines d'une jovialité forcée. Le voir au milieu de visages gesticulants et enflammés, ce soir-là et à d'autres occasions où je le retrouvai au fil des ans, était comme de découvrir un portrait espagnol dans un musée à l'étranger, le Louvre, le Metropolitan, la National Gallery : une sobriété soudaine, à la fois expressive et réservée, un surcroît de pâleur ou une peau très brune, et toujours des yeux plus sombres et plus intenses que ceux des portraits exposés dans la salle, si ce n'est dans le musée tout entier.

Ma profession m'a souvent amené à être en relation avec des hommes – la plupart du temps ce sont des hommes – très fortunés, collectionneurs, membres de conseils consultatifs, ou ces gens riches sans aucune qualification qui traînent dans les ventes aux enchères et les fondations où ils occupent des postes honorifiques. Ils ont en commun d'avoir toujours l'air un peu distraits, comme s'ils pensaient à autre chose, à quelque chose de plus important et de plus urgent que ce qui les occupe sur le moment. Ils observent, sourient, acquiescent, serrent les mains avec un excès d'énergie factice ou une mollesse inattendue, mais leur regard est toujours absorbé par une réalité ou une personne qui n'est pas celle qui se tient devant eux, et lorsqu'ils saluent ou discutent, leurs yeux dévient ouvertement sur les côtés, sans relâche, comme s'ils redoutaient de rater un individu plus important, à qui il serait plus utile de consacrer une partie de leur temps précieux. Ce qui me paraissait frappant chez Aristu était l'assurance qu'il mettait à être pleinement là où il se trouvait : calé sur sa chaise au dossier cérémonieux, dépliant d'un geste vif sa serviette avant de la poser sur ses genoux, veillant quand il mettait les coudes sur la table à ce que ses manchettes ressortent juste ce qu'il fallait, prenant une première gorgée circonspecte de rioja dans le verre qu'on nous avait servi, balayant du regard la totalité de la salle, pour enfin se concentrer sur moi, son seul compatriote dans cette réunion surpeuplée – compatriote tout au moins d'origine, car pour ce qui le concernait, Aristu avait depuis longtemps obtenu la nationalité américaine et n'était plus guère informé de la vie ou de la politique espagnoles, me prévint-il. Voilà pourquoi il tenait à profiter de ma présence à ses côtés pour que je le lui raconte : comment vivait-on à présent en Espagne, et plus exactement à Madrid, sa ville natale, où il se rendait de temps à autre, presque en touriste, même si sa mère occupait toujours là-bas l'appartement qu'il avait connu enfant, sa mère qu'il avait quittée pour aller aux États-Unis, « Quand Franco était encore en vie et qu'on avait l'impression que le Régime n'en finirait jamais, à l'époque où les femmes portaient encore le voile pour pénétrer dans les églises et que la route vers l'aéroport risquait d'être bloquée parce qu'un troupeau de moutons la traversait, comme du temps de la Mesta[1] ».

1. Association de propriétaires de troupeaux transhumants de Castille, créée en 1273 et supprimée en 1836. *(Toutes les notes sont de la traductrice.)*

Il m'interrogeait sur des choses concrètes, voulait savoir en quoi consistaient mes cours à l'université, comment étaient les jeunes, combien de couples se mariaient à la mairie et combien à l'église, combien divorçaient. J'eus le sentiment qu'il avait peine à croire que le divorce puisse exister en Espagne. Il me posait des questions sur des lieux de Madrid dont je n'avais jamais entendu parler ou que je ne connaissais qu'à travers les livres. Ma vie lui inspirait une curiosité avide en ce qu'elle était susceptible d'être un exemple sociologique, le témoignage personnel de changements auxquels il n'avait pas assisté : il tenait à en apprendre davantage sur les bourses d'études, l'accès à l'université quand on venait d'un monde rural arriéré, les compléments d'études que j'avais suivis à l'étranger et l'endroit où j'avais appris l'anglais.

À en croire ma longue expérience bien souvent décourageante, il est rare que les gens s'intéressent aux opinions de la personne assise à côté d'eux (plus concrètement les miennes). Gabriel Aristu semblait vouloir s'informer de tout. Lors de notre première rencontre et de celles qui lui succédèrent, à Washington, quand je profitais du week-end pour souffler loin de l'université et des espaces étriqués de Charlottesville, qui n'était somme toute qu'une petite localité du Sud, il écouta avec un intérêt particulier mes premières impressions sur le pays : ce qui avait retenu mon attention, pas des généralités mais des détails infimes et significatifs, me demanda si ce que je découvrais correspondait à ce que j'avais imaginé ou vu au cinéma, voulut savoir ce que j'avais relevé de plus étrange ou de plus déconcertant dans ce que je voyais ou ce qu'on me racontait, des impressions toutes fraîches pas encore modifiées par la mémoire ni anesthésiées par l'habitude.

Mais à l'époque je n'avais encore que des images et des sensations décousues qui échouaient à s'organiser dans un ensemble cohérent : des explosions de choses, des instants merveilleux ou désolants – tantôt une nature saisissante, tantôt une civilisation impitoyable constituée d'autoroutes et de centres commerciaux ; les fleuves à l'écume tumultueuse et d'autres fleuves formés par le flux de la circulation ; de puissantes odeurs de forêt et, l'instant d'après, des relents de graisse brûlée et de malbouffe ; l'amabilité joviale des personnes à qui on me présentait dans les bureaux et la solitude sans remède des fins de semaine, où je ne parlais à personne, ne recevais aucun coup de fil et tuais le temps dans le fauteuil pivotant tourné soit vers le téléviseur, soit vers la baie panoramique d'où j'assistais, fasciné, à de longs déluges qui duraient des heures, percevais les rumeurs des bois et contemplais les plus grosses tempêtes de neige de ma vie, le monde entier submergé par la blancheur et le silence encore plus dense à l'intérieur de mon appartement surchauffé. Aujourd'hui cette impression d'éloignement absolu que seuls atténuaient les lettres et les appels téléphoniques hors de prix n'est plus possible. Mais les lettres sur le papier à en-tête de l'université et les cartes postales que j'envoyais à ma fille en Espagne restaient sans réponse, et le numéro que je composais sans cesse sur le cadran de l'appareil compact me renvoyait à une sonnerie se répétant en vain de manière hypnotique jusqu'à ce que le signal s'interrompe. De temps à autre, dans l'appartement ou les salles de cours, j'avais le sentiment de n'avoir jusqu'alors jamais été dans un endroit où tant de personnes se réjouissaient de me voir tandis que j'aurais pu mourir devant les autres sans même qu'elles prêtent attention à mon cadavre.

« J'ai une idée, et un moment plus tard je pense tout le contraire, dis-je à Aristu, mais peut-être parlais-je trop parce que j'avais trop bu et que je n'avais plus l'habitude de faire des confidences dans ma propre langue. C'est comme avec l'anglais. J'ai l'impression de tout comprendre en bloc, je suis ravi et ensuite tout m'échappe, j'ai un trou quand je dois exprimer les choses les plus élémentaires. » Assise de l'autre côté de la table, Constance me demanda si ma famille m'avait accompagné aux États-Unis. Sans doute marquai-je un léger retard dans ma réponse, gêné par le bruit des conversations croisées, ou bien, ignorant quoi lui dire, j'eus ce sourire si coutumier équivalent à un acquiescement poli et à un total égarement. Je lui dis que non et ajoutai une explication maladroite et fallacieuse, et il me sembla qu'Aristu avait remarqué mon embarras et en prenait bonne note, même s'il changea habilement de sujet avec le brio d'un diplomate qui dirige une conversation banale. Il me parla de son arrivée dans ce pays, peu avant l'été 1967, « en pleine explosion de la contre-culture », il y avait de cela la bagatelle de vingt-six ans. Cette expression, la « bagatelle », trahissait entre autres indices un espagnol assez anachronique, comme son accent conventionnel madrilène et ses manières, qui demeurèrent inchangées à mesure que notre amitié se consolidait. Qu'il ait passé les étés 1967 et 1968 à San Francisco et à Los Angeles semblait incongru, car même jeune, il était difficile de l'imaginer sous un aspect différent et plus ou moins conforme à cette époque. « Quand je l'ai rencontré il m'a fait l'effet d'un employé des pompes funèbres », m'avoua Constance en éclatant de rire, probablement enhardie par le rioja qu'on nous avait servi au dîner. Elle employa le mot « *undertaker* », que je m'efforçai de mémoriser pour le chercher dans le dictionnaire dès mon retour chez moi. À Washington puis à New York, dans le hall du Kennedy Center, du Lincoln Center ou d'un des clubs privés où il m'invitait – non sans s'être toujours assuré au préalable de me rappeler que la veste et la cravate étaient requises –, Gabriel Aristu avait invariablement une allure de notaire ou d'officier de l'état civil espagnol, de haut fonctionnaire s'occupant d'affaires sérieuses et vagues. Un jour, pendant que nous nous promenions, je nous vis reflétés dans une vitrine et m'étonnai de l'incohérence de nos silhouettes respectives.

Que nous soyons devenus amis paraissait aussi improbable que les confidences que nous finîmes par nous faire l'un à l'autre, moi sortant de ma timidité et de ma gêne et lui de sa réserve, de son habitude consistant à présenter aux autres un personnage si élaboré, si convaincant, que lui-même finissait par le confondre avec sa véritable identité.

Quand j'étais très jeune j'ai failli mourir dans un accident. Toute cette vie qui a été la mienne aurait pu être annulée au seuil de mes dix-huit ans. Ma fille désormais invisible, une inconnue pour moi, n'aurait pas vu le jour. J'étais avec deux amis dans la voiture du père de l'un d'eux. J'aurais pu être au volant ou à l'avant, sur le siège passager. Dans les deux cas je serais mort instantanément, comme eux, lorsque le véhicule avait heurté de plein fouet un camion qui en doublait un autre au détour d'un virage, peu avant l'aube. Je m'étais endormi sur la banquette arrière. La violence du coup de frein et le cri d'un de mes amis : « On va se tuer ! » me réveillèrent. J'ouvris les yeux et fus ébloui par les phares du camion qui occupaient monstrueusement tout le champ visuel. J'étais certain que j'allais mourir. Cela dura quelques secondes. Je ressentis de la terreur, et un instant plus tard un calme parfait, une acceptation tranquille et mélancolique, en songeant à la tristesse qu'éprouveraient à jamais mes parents. Dans mon sac à dos, entre mes jambes, il y avait une enveloppe contenant six billets de mille pesetas que mon père, au prix d'un gros sacrifice dans son budget limité, m'avait donnés pour payer mon inscription à l'université et le premier mois de la pension où je logerais à Madrid. Je songeai avec chagrin et ressentiment que cet argent brûlerait lorsque le réservoir d'essence de la voiture exploserait en produisant une grande flamme. Au moment du choc le monde se contracta. Je ne me souviens plus du craquement des métaux broyés. Seule s'étendait l'obscurité devant moi. Ma sérénité mélancolique céda le pas à une furieuse urgence de survivre, à la sidération et à l'ivresse d'être vivant. Je poussai mon corps de tout son poids contre la portière et parvins à m'extirper de l'habitacle, rampant sur les genoux et les paumes dans l'air glacial du petit matin. Je pensais, me disais à moi-même comme si je m'entendais parler à haute voix : « La voiture va prendre feu. Le réservoir va exploser. Je dois m'éloigner. » À la radio passait toujours la chanson que j'avais entendue dans mon sommeil avant la collision : *ABC*, des Jackson 5. Elle avait eu beaucoup de succès cet été-là. Mes deux amis étaient ensevelis sous les sièges avant. Leurs corps ne furent dégagés qu'à l'arrivée d'une grue, qui souleva le toit écrasé de la voiture. Il y avait des éclats de verre et des caillots de sang partout. Au dernier moment j'eus la présence d'esprit de récupérer mon sac à dos et l'argent de mon père. Dans ma chemise estivale à manches courtes, au bord de la route, sur un plateau qui s'étendait à perte de vue, je tremblais de froid. Et soudain, au lieu des voix enfantines et aiguës de la chanson, j'entendis des sirènes s'approcher. Quelqu'un posa sur mes épaules une veste ou une couverture. On m'emmena à l'hôpital, dans une ville voisine. J'en ignorais le nom. On me fit m'étendre sur un brancard, on m'examina lentement, avec des mains expertes, on me parla à l'oreille. Je serrais le sac à dos contre moi et refusais qu'on me le prenne. Je vis penchés sur moi des visages avec des lunettes et des masques. Mes deux amis étaient morts alors que je n'avais pour toute blessure que celle causée par un éclat de verre pointu qui s'était fiché dans un bras. Je quittai l'hôpital un matin de septembre, à la toute fin de l'été. Je boitais un peu, rien de plus. Les genoux et les paumes de mains me brûlaient, éraflés par le bitume quand j'étais sorti du véhicule. Au bout de la rue je me retrouvai sur une place avec des arcades. Avant de l'avoir atteinte j'entendais déjà la clameur des gens. Sur la place se tenait un marché. Des stands avaient été dressés sous les arcades et d'autres, exposés au soleil, étaient protégés par des bâches. C'était un marché de fruits et de légumes. Les cris des vendeurs, en majorité des femmes, couvraient les bruits des conversations. Je restai immobile, effrayé par cette proximité humaine. Je pensai, ou plutôt je vis, incapable de penser, en toute lucidité, avec un détachement absolu, que si j'étais mort quelques heures auparavant sous le camion, ce marché aurait été identique. J'étais vivant mais je ne faisais pas partie du monde des vivants. J'étais un étranger, ou un fantôme parmi tous ces individus qui s'employaient sans réserve aucune et de façon routinière à être vivants, entourés de toute l'animation de ce marché, loin de se douter que moi, je connaissais la facilité foudroyante, l'immédiateté de la mort. J'ai été ce fantôme je ne sais combien de temps. J'étais avec les autres, conscient de ne pas être l'un des leurs. La nuit je fermais les yeux et voyais dans l'obscurité venir vers moi les phares du camion.

Cette année-là, j'ai passé l'hiver en Virginie dans un état similaire. D'un coup j'avais perdu mon ancienne vie, mon foyer, ma fille. Le choc était aussi physique que celui contre le capot du camion lors de l'accident, la violence extrême des métaux qui se froissaient, le craquement des crânes, les cages thoraciques broyées de mes amis. J'avais tant perdu que j'étais incapable de m'ausculter pour évaluer la gravité réelle des dommages, comme quelqu'un qui n'ose pas baisser les yeux et regarder la plaie béante ou la mutilation qui le tourmente.

J'avais vu la personne que je croyais le mieux connaître au monde se transformer sous mes yeux en une inconnue qui, du jour au lendemain, me parlait d'une voix qui n'avait plus les accents de la sienne, et tout aussi étranges étaient le nouvel éclat de ses yeux et l'expression de sa bouche articulant des mots que je ne l'avais jamais entendue prononcer jusqu'alors. J'avais été l'objet d'une condamnation sans appel pour des délits que j'étais loin d'imaginer avoir pu commettre et contre lesquels elle n'avait formulé aucune plainte ni mise en garde, de vieilles erreurs en apparence secondaires, si ce n'est oubliées, qui soudain se révélaient impardonnables, des défauts et une cruauté de caractère que je n'avais jamais suspectés et sur lesquels cette femme, l'étrangère qui maintenant m'accusait et me jugeait, n'avait jamais attiré mon attention. J'étais d'autant plus coupable que je ne savais pas au juste de quoi on m'accusait. Les charges accumulées contre moi étaient formulées d'un ton empreint d'une objectivité irréfutable et cependant enveloppée d'une nébuleuse de mots imprécis, un vocabulaire à la fois psychanalytique, religieux et froidement idéologique, un murmure incessant jaillissant de ses lèvres désormais trop fines que je ne reconnaissais pas et que je trouvais invraisemblable d'avoir pu embrasser un jour. Des lèvres à la mobilité limitée. Comme déconnectées du reste de ses traits mais non de la brillance de ses yeux, plus clairs et plus froids derrière des lunettes à fine monture aux verres d'une impeccable propreté, d'une transparence d'instruments cliniques, bien que leur regard ne se focalise sur rien, surtout pas sur le visage de l'homme qu'ils avaient regardé dès l'adolescence et qui n'était plus personne ou bien une menace, un ennemi devant payer pour ce qu'il avait fait ou non, renoncer à tout ce qu'il possédait, et qui n'aurait toujours pas honoré sa dette après avoir été dépossédé de son foyer, de ses livres, de sa musique, de tout ce qui avait représenté leur vie commune ; en outre privé de sa fille, ma fille, ce qui ne constituait pas une dépossession supplémentaire, la plus grave de toutes, mais une amputation que je me refusai pendant des années à croire irrémédiable. Les accusations portées contre ma personne étaient si atroces que nul n'aurait pu penser qu'elles étaient totalement infondées. Ma stupeur d'innocent faisait de moi un suspect. Le châtiment qu'on m'infligea fut si brutal qu'il ne pouvait pas être immérité. L'impact du coup me laissa dans l'incapacité de me défendre.

Quand la confiance s'installa entre Gabriel Aristu et moi, alors que nous déjeunions dans un club, devant une baie vitrée derrière laquelle l'obélisque de Washington se découpait sur un ciel bas annonciateur de neige, je me risquai à aborder des sujets plus intimes et découvris que l'histoire que je lui racontais, qui m'était familière dans ses moindres détails, se révélait incompréhensible pour lui, en dépit de toute la clarté que je tentais d'apporter aux faits exposés. Nous avions parlé de l'ambiance qui régnait à l'université, paisible en apparence mais au fond pleine de pièges et de dangers, de la somnolence confortable et peu à peu narcotique de Charlottesville, de compositeurs confidentiels que nous appréciions tous deux. Il m'avoua la tristesse et les remords qu'il ressentait à ne pas consacrer davantage de temps au violoncelle, un instrument aux sonorités à la fois âpres et douces et aux exigences si tyranniques qu'elles ne se dévoilaient qu'à ceux qui en jouaient. Je lui dis que plus je m'intéressais à Juan de Valdés Leal, à ses disciples et à ses héritiers dans la peinture baroque coloniale, plus leurs œuvres me paraissaient désagréables. Quant aux connaissances que j'accumulais sur eux, elles me semblaient ennuyeuses et superflues, sans autre compensation que l'espoir douteux d'occuper un poste plus ou moins stable dans une université, si possible du côté américain de l'Atlantique. Lorsque j'ouvrais avec impatience mon casier au département de littérature espagnole ou ma propre boîte aux lettres, je découvrais non pas des courriers de ma fille mais des mises en demeure du racketteur professionnel que sa mère avait engagé comme avocat. Honteusement, j'attendais d'Aristu qu'il m'aide à trouver un meilleur travail. Il me demanda si j'étais sûr de vouloir rester, car ensuite il ne me serait peut-être plus possible de rentrer.

Chaque dimanche j'achetais l'édition spéciale du *Washington Post*, qui pesait plus de deux kilos, et la lisais dans le fauteuil pivotant avec l'aide d'un dictionnaire, laissant tomber sur le sol les cahiers successifs après les avoir parcourus. Pour faire de l'exercice j'allais jusqu'au *downtown* à pied, par le bas-côté des routes et les sentiers forestiers, je longeais des rues dont les maisons blanches étaient bien séparées les unes des autres par des jardins à la pelouse verdoyante et aux arbres originaires du Sud appelés *dogwoods*, qui au printemps se couvraient d'extraordinaires fleurs blanches. Dans les jardins et à l'entrée des maisons flottaient des drapeaux américains. Les rares personnes que je croisais étaient en tenue de sport. Aujourd'hui je vois combien je devais paraître incongru avec ma casquette et mon manteau européen, à marcher sur des voies que nul n'empruntait jamais à pied. Il arrivait qu'une voiture de police ralentisse en passant à côté de moi, et une fois, l'agent qui conduisait baissa la vitre et me demanda avec amabilité et une pointe d'inquiétude si j'avais un problème, si mon véhicule était en panne.

Dans la rue principale, qui ressemblait à un décor resté intact, il y avait des magasins d'antiquités, une librairie, un cinéma *art déco**[1] restauré de fraîche date où on ne projetait aucun film. Derrière les façades s'étendaient essentiellement des parkings et des garages automobiles. Sur des places accueillantes avec des maisons anciennes aux colonnes blanches se dressaient des statues en bronze de généraux confédérés à cheval, sabre au clair et capotes au vent. Un jour, par une forte tempête de neige, j'eus l'impression que le général Stonewall Jackson s'élançait au galop contre la charge silencieuse des flocons de neige.

J'avais envie de passer un week-end à Washington, mais n'osant pas encore effectuer ce trajet en voiture, je décidai de prendre l'autocar. Ma vie s'était jusqu'alors déroulée dans les espaces disparates et néanmoins très semblables du campus universitaire, les maisons des professeurs, le supermarché international où je faisais mes courses, les commerces du *downtown*. Je n'avais vu personne qui soit pauvre et presque personne qui ait la peau noire. En m'approchant à pied de la gare d'où partaient les autocars de la compagnie Greyhound, il me sembla pénétrer dans un autre monde. Au-delà des voies ferrées s'étendait un quartier de maisons détériorées, des décharges d'ordures, des magasins de spiritueux autour desquels déambulaient des ivrognes, hommes et femmes.

1. Les mots en italique suivis d'un astérisque sont en français dans le texte.

Aux abords de l'université je n'avais vu personne fumer, je n'avais même jamais senti la fumée du tabac. Là, l'odeur de cigarettes, d'essence et de pneus était la même que dans n'importe quelle gare routière espagnole, mais la population paraissait bien plus démunie. Des Noirs pour la plupart, et de temps en temps quelques Blancs décharnés et voûtés, et d'autres au contraire très gros, qui tiraient sur les cigarettes fichées dans leurs bouches édentées. Les remugles de pissotière se confondaient avec ceux de la graisse rance brûlée et d'une couche épaisse d'abandon et de manque d'hygiène. En arrivant à Washington je distinguai derrière la gare une rue de maisons en ruine et, au-dessus, sur la ligne d'horizon basse, la coupole blanche du Capitole.

Je marchai des heures sur l'esplanade du National Mall, dans un vertige de solitude, las d'avoir vu tant de musées à travers cette étendue démesurée où se dressaient, si loin que c'en était décourageant, des édifices en marbre blanc. En quittant le Musée national de l'air et de l'espace, je me retrouvai nez à nez, quelque peu étourdi, avec Gabriel Aristu et Connie, qui eut l'air réjoui et voulut fêter cette rencontre inopinée en me proposant de les accompagner dans un salon de thé situé à proximité. Un vent glacé balayait ces avenues qui devenaient spectrales à la nuit tombée, désertées par les gens qui leur apportaient de l'animation, surtout des touristes et, les jours ouvrés, des fonctionnaires du gouvernement qui fuyaient la ville dès dix-sept heures.

Encore profane dans la rudesse des véritables hivers, je grelottais sous un caban trop fin rapporté d'Espagne, et mes mains non gantées gelaient au fond de mes poches. Bien entendu je n'avais pas de bonnet et mes chaussures ridicules glissaient sur le sol verglacé, trahissant de loin ma condition d'Européen imprudent. Aristu et Constance me regardèrent, pris d'une légère pitié et somme toute amusés par ma méconnaissance évidente de la vie hivernale américaine, pour laquelle ils étaient tous deux confortablement équipés : toques en fourrure, gros manteaux, gants de cuir fourrés et même cache-oreilles. Sur les pommettes de Constance ressortaient les rougeurs vives d'une peau très claire, fouettée par le vent glacial qui montait du Potomac (accentué sur la deuxième syllabe). Coiffé de sa toque sombre, le col de son manteau relevé et le visage grave, Aristu affichait une impénétrable expression de dignitaire soviétique assistant à un défilé militaire à la tribune du mausolée de Lénine.

Je ne pris réellement conscience d'avoir souffert du froid qu'en entrant dans le salon de thé aux lourdes tentures et à la moquette épaisse, où la chaleur était torride. Aristu et Constance me reprochèrent d'être venu à Washington sans les avoir prévenus. Ils me firent faussement promettre de loger chez eux la prochaine fois, il y avait trop de chambres maintenant que leurs enfants étaient à l'université, chacun à un bout du pays. Je projetais une visite à la Phillips Collection pour m'assurer de l'authenticité de dessins de Valdés Leal, qu'un chanoine vénal de Séville avait vendus à un marchand d'art américain dans les années 1940. Les dessins étaient difficiles à consulter du fait de leur mauvais état. J'avais demandé une autorisation par courrier mais la réponse tardait. Aristu m'apprit qu'il était ami avec un des *curators* du musée. Il inscrivit son nom et un numéro de téléphone au verso d'une carte sur laquelle se détachait en relief le sigle de la Banque interaméricaine de développement. Il écrivait avec un stylo-plume imposant, d'une brillance de laque noire, dont la pointe extra-large était en or. Sur le ton de la plaisanterie qui la caractérisait, comme si avoir une conversation trop sérieuse avait été une entorse à la politesse, Constance me dit : « *Always ask Gabriel. He knows everybody who is somebody in this town.* » Sa peau à présent rose de chaleur la rendait plus belle, plus jeune, par contraste avec la sévérité espagnole d'Aristu. Alors que je rangeai la carte, Constance remarqua le sac du musée de l'Espace que j'avais avec moi, d'où émergeait une réplique d'*Apollo 11*. Avec son grand sourire, elle me demanda si j'avais acheté des cadeaux « *for your children back in Spain* ». Les siens avaient depuis longtemps passé l'âge de ce genre de présents. En parlant d'eux, le beau visage de Constance montrait la coquetterie d'une femme habituée à la surprise de ses interlocuteurs lorsqu'elle leur annonçait qu'elle avait deux enfants plus âgés que ne le laissait supposer son physique d'apparence si jeune.

« C'est pour ma fille », répondis-je en anglais, une langue qui me permettait d'adopter un ton impersonnel. Aristu m'observa un moment, comme au dîner organisé à Charlottesville, pressentant que pour une raison malencontreuse la conversation dérivait vers une zone délicate. « Aujourd'hui les filles aussi veulent devenir astronautes », dit Constance, ignorant volontairement le regard de son mari, dans une de ces passes secrètes d'escrime conjugale exécutées devant des tiers. Je leur expliquai que ma fille, à sept ans, aspirait non pas à être astronaute mais astronome, et que sa chambre était tapissée de cartes de la Lune, de photographies du système solaire et de la Voie lactée. À cet instant je vis en imagination cette pièce plongée dans la pénombre, après minuit, en Espagne, éclairée par une veilleuse tournante projetant des étoiles sur les murs et le plafond. Je lui avais acheté cette lampe, ainsi que les cartes et les photos dont j'ignorais si elles étaient encore là, si elles n'avaient pas été enlevées, effacées comme tout autre signe de ma présence dans sa vie, comme le serait ce vaisseau que je m'apprêtais à lui envoyer en craignant qu'elle ne le voie jamais ou ne le rejette d'elle-même, sans que sa mère l'influence ou le lui impose.

Je ne savais pas davantage si les lettres et les cartes postales que je postais plusieurs fois par semaine sans recevoir aucune réponse lui parvenaient. J'ouvrais plusieurs fois par jour la boîte à lettres de l'appartement et mon index pressait avec une dextérité inutile les touches du cadran rectangulaire du téléphone pour composer un numéro que je connaissais par cœur.

Je retournai à Washington quelques semaines plus tard et Gabriel Aristu me donna rendez-vous pour déjeuner dans un restaurant proche de la Phillips Collection, où par son entremise j'avais passé la matinée au sous-sol et touché de mes mains gantées, sous une lampe à la clarté très blanche, des feuilles de papier cassant du XVIIe siècle, examiné des dessins de Valdés Leal dont l'encre avait pâli et constaté avec soulagement qu'il dessinait mieux qu'il ne peignait, ce qui compensait un peu l'ennui que je ressentais en lui consacrant une part substantielle de ma vie.

Afin d'éviter tout retard éventuel, j'arrivai au restaurant avec vingt minutes d'avance. Par la fenêtre je vis une impressionnante voiture noire aux vitres teintées s'arrêter sur le trottoir. Un employé ou un cadre, une serviette sous le bras, descendit rapidement du siège passager et ouvrit respectueusement une des portières arrière. Agile, sévère, Aristu sortit du véhicule, ajusta son nœud de cravate et lissa son manteau. L'employé lui montra des documents qu'il examina avec un semblant d'impatience, comme quelqu'un habitué à rentabiliser la moindre seconde de son temps. Une autorité innée que je connaissais bien guidait chacun de ses gestes, mais je décelai aussi une pointe d'irritation que je n'avais pas remarquée les fois précédentes. Il traversa la rue sans regarder la voiture redémarrer ni son subalterne lui adresser un salut de la main après avoir baissé sa vitre, et pénétra dans le restaurant en acceptant avec équanimité l'inclination exagérée du *maître d'hôtel**. Tandis qu'il se dirigeait vers la table où je l'attendais, il se produisit dans son visage un changement qui s'étendit aux mouvements subitement relâchés de son corps. Il y avait une dissonance entre l'homme que j'avais aperçu de la fenêtre et celui qui me serrait la main, s'asseyait face à moi et commandait quelque chose au serveur, qui le connaissait sans doute et revint au bout de quelques minutes, portant un plateau contenant deux cocktails dans de hauts verres coniques dont je ne gardai pas en mémoire le beau nom italien. L'individu qui se tenait devant moi était plus cordial, plus jeune que celui qui était sorti de son véhicule de société un instant auparavant. Il ne renvoyait plus aucune impression de pouvoir, plutôt de la curiosité, le plaisir du repas à venir, partagé dans un temps sans urgence. Il voulait toujours des détails exacts, tenait à savoir comment on identifie la paternité d'un dessin non signé remontant à plusieurs siècles, quels étaient les composants du papier et de l'encre et le type de plume utilisé. J'avais envie d'être à la hauteur de ses attentes : j'étais désireux de l'impressionner d'une manière ou d'une autre, en dépit de la position que j'occupais dans la vie, de ma peur de paraître creux ou d'être trahi par une de mes multiples ignorances, l'approximation d'une formation universitaire espagnole précaire très inférieure à la sienne, à ses diplômes britannique, français, allemand. Il citait Gœthe en allemand, Virgile et Sénèque en latin. Il prit une première gorgée prudente du cocktail et ne cessa de parler durant les deux heures qui suivirent.

« Je suis une invention docile de mon père », me dit-il. C'était ce dernier qui dès l'enfance l'avait orienté dans l'existence ; qui avait envers et contre tout tenu à le sauver ou à le protéger de l'Espagne, à le préserver de ce qui avait causé sa perte et dont il ne parviendrait jamais à se libérer de son vivant. Gabriel Aristu me parlait de son père par une après-midi pluvieuse, à Washington, dans un restaurant encore vide de clients car il m'avait donné rendez-vous bien trop tôt pour déjeuner, même aux États-Unis, et à compter de l'instant où il commença à l'évoquer, je l'observai remonter le passé après avoir commandé les plats et choisi le vin, constatai que les souvenirs et la sonorité de ses propres mots l'éloignaient du temps et du lieu où nous nous trouvions, et dans une certaine mesure de moi, même si j'étais le témoin nécessaire qui lui faisait dérouler le fil de sa mémoire. En racontant à voix haute, il conférait une forme à ce récit, qui autrement serait resté nébuleux dans sa conscience ou n'aurait peut-être pas affleuré.

« Mon père était un innocent, un *manso*, une de ces personnes calmes et douces qui n'hériteront jamais de la terre, quoi que promette l'Évangile. Mais le mot *manso* est péjoratif en espagnol. Jusque dans ce détail on remarque que l'Espagne est un pays impitoyable, ou du moins elle l'était à l'époque où j'y vivais, ça a peut-être changé sans que je m'en rende compte. Bien entendu, ça, mon père n'a pas eu le temps de le voir. » Il resta songeur, son verre de vin en l'air, comme dans une tentative avortée de porter un toast, puis avala une autre gorgée. « "*The meek will inherit the Earth.*" Il me semble que *meek* sonne mieux que *manso*. En plus, maintenant que j'y pense, il n'a pas cette malheureuse connotation taurine. Mon père n'était pas fait pour le monde dans lequel il a dû vivre. Il était bon comme le pain. Ah, la beauté de cette expression ! Si je ne passais pas le plus clair de mon temps immergé dans l'anglais, je ne me rendrais pas compte de la poésie de l'espagnol populaire. Tu verras, ça t'arrivera vite à toi aussi. Tu diras sans réfléchir "*vi el cielo abierto*" pour "j'ai saisi ma chance au vol" ou "*se me cayó el alma a los pies*" pour "les bras m'en sont tombés", et tu relèveras tout à coup la beauté de ces métaphores que tout le monde utilise au quotidien. Des trésors que tu auras peur de perdre car on finit par les oublier si on ne pratique pas assez sa langue, surtout en privé, avec sa famille, ses enfants. »

Son père avait voulu qu'il ait la meilleure éducation possible ; qu'au besoin il soit prêt à s'enfuir et à gagner sa vie dignement dans d'autres pays aux mœurs moins périlleuses. Son père avait joué des pièces pour piano à quatre mains avec Federico García Lorca à la Residencia de Estudiantes de Madrid, collaboré avec Adolfo Salazar à un projet d'encyclopédie imprimée et sonore de la musique populaire espagnole ; il avait assisté en tant que critique à la première du concerto pour violon d'Alban Berg à Barcelone, en 1936 ; il avait sélectionné les disques du répertoire des Missions pédagogiques, accompagné Maurice Ravel lors de son séjour en Espagne, en 1928. « Les Ballets russes ont fait leur tournée espagnole en 1916 et mon père était là, étudiant de première année au conservatoire et jeune journaliste. Il a servi d'interprète à Diaghilev et il a même acheté des bouquets de fleurs à Olga Khokhlova. »

Chez le diplomate Morla Lynch, le père de Gabriel Aristu avait écouté García Lorca lire d'une traite le manuscrit de *La Maison de Bernarda Alba*, interprétant chacun des personnages avec l'accent caractéristique de la région de la Vega de Granada. En compagnie de Lynch et de Lorca, il avait vu en mai 1936 un récital de Negro Spirituals chantés par Marian Anderson à Madrid, au Théâtre de la Comédie. De manière distraite, par habitude ou suivant la tradition familiale, il était catholique et monarchiste. À Grenade il allait à la messe avec Manuel de Falla et certains soirs, dans leur petite maison près de l'Alhambra, il avait égrené le rosaire avec don Manuel et sa sœur Carmen autour de la table à brasero qui leur dispensait un peu de chaleur.

« Et puis ça a été la chute et tout s'est effondré sur mon père, absorbé par ses amitiés et sa musique, ses concerts chez les gens de bonne famille et ses auditions commentées pour les dames du Lyceum Club. Il venait en outre d'épouser ma mère, dont il était très amoureux. Ils s'aimaient tellement que quand ils étaient ensemble, ils paraissaient beaucoup plus jeunes qu'ils ne l'étaient. » Il écrivait de nombreux articles dans la presse, certes uniquement des critiques musicales, mais pour des journaux de droite. Sa fiche fut retrouvée dans les archives d'un club monarchiste où il ne se rendait jamais. Peu après le 18 juillet, il apprit qu'on le recherchait. Il se cacha pendant des semaines à Madrid, dormait parfois sur des bancs du parc du Retiro ou dans des refuges pour indigents. On l'arrêta, on l'enferma dans la sacristie d'un couvent confisqué. Tous les soirs une porte s'ouvrait violemment et quelqu'un lisait avec difficulté, à la lueur d'une lampe de poche, une liste de noms. Le sien tarda plusieurs semaines à être prononcé. Une nuit on le fit sortir, seul, dans une cour intérieure entourée de murs sans fenêtres qui sentait les égouts, on le poussa contre un des murs et lui banda les yeux avec ce qui semblait être une serviette sale. Les hommes chargés de son exécution ne semblaient pas doués dans le maniement des fusils et ils sentaient le cognac. Toute sa vie, l'odeur de cet alcool et de l'eau-de-vie lui causa d'irrépressibles nausées, des suées et des crises de panique. Les détonations des balles retentirent, assourdissantes dans cet espace réduit, et le père de Gabriel Aristu constata qu'il n'entendait plus rien et s'affaissait lentement sur le sol, que le sang coulait le long de ses jambes, s'infiltrait dans ses chaussettes. Au-dessus de lui fusèrent des rires aussi sonores que les coups de feu un instant auparavant.

« C'était une plaisanterie. On avait tiré sur lui des balles à blanc. Les rires redoublèrent quand, à l'odeur, les hommes comprirent que le prisonnier avait fait sur lui, qu'il s'était chié et pissé dessus. Mon père, l'homme le plus propre du monde. » Gabriel Aristu baissa la voix en disant ces mots, *chié* et *pissé*, improbables dans sa bouche mais non moins abrupts dans le calme de la salle de restaurant. La honte qu'en éprouva cet homme pudique fut presque plus grave que le danger de mort certain qui le guettait. Gabriel Aristu n'osait imaginer le temps qu'avait patienté son père avant de pouvoir se laver, dans quelles conditions il avait regagné sa cellule et rejoint les autres condamnés. Il est probable qu'il ne se soit jamais débarrassé de cette immondice, bien qu'il soit devenu, se rappelait son fils en se remémorant son enfance, un obsédé de l'hygiène, de l'odeur fraîche du savon sur ses mains venant d'être lavées, et par-dessus tout des bonnes manières, de la politesse poussée à l'extrême, « *manners before morals* », expliquait-il à ses enfants, Gabriel et sa sœur, pour qui leurs parents voulaient une excellente éducation, même s'ils insistèrent moins sur celle de leur fille que de leur fils aîné, d'une part parce qu'elle était de sexe féminin, de l'autre parce qu'ils présageaient qu'une femme serait peut-être moins vulnérable qu'un homme aux malheurs de l'Histoire, moins exposée sur la scène publique. Aristu soupçonnait également son père d'avoir vite détecté chez lui, son grand fils, une prédisposition à la faiblesse qui l'inquiétait fortement, car il redoutait qu'elle ne soit héréditaire, une sorte d'hémophilie morale espagnole qu'il lui aurait transmise.

« La guerre s'était achevée par la victoire de ceux qui étaient théoriquement les siens, mais ce qu'il avait vu depuis et la révélation de ce qu'ils avaient fait alors qu'il était caché puis emprisonné à Madrid, ce qu'ils appelaient la paix, tout cela lui parut aussi effrayant que ce qu'il avait subi » – voire davantage, dans la mesure où la situation s'éternisait et qu'elle était beaucoup plus réglementée, à croire que le pays tout entier s'était métamorphosé en abattoir industriel qui fonctionnait jour et nuit, une bureaucratie macabre avide de persécuter et d'exterminer, et qui plus est bénie par les autorités ecclésiastiques, avec leurs encensoirs et leurs chapes de chéloniens pareilles à celles des évêques fossiles de ce film de Luis Buñuel, un autre ami de ces temps reculés qui avait disparu, mais avait eu la chance de pouvoir s'échapper. « Il a fui dans sa musique, parce que cette beauté-là, personne ne risquait de la corrompre ni de la souiller. Et il s'est investi dans mon éducation, dans mon avenir, qui devait être très policé et très sûr. Il était primordial pour lui que j'aie une vie solide, d'une grande stabilité, sans les soucis matériels que lui et ma mère avaient toujours connus, en partie parce que nos frais de scolarité à ma sœur et à moi étaient élevés. C'est pourquoi, bien que doué en musique, j'ai dû faire des études d'économie et de droit. Il savait pertinemment que la vie est dure pour la plupart des musiciens et des artistes en général. Il a passé sa vie à angoisser pour nous. La fierté que nous lui procurions était entièrement consumée par son angoisse. J'aurais pu avoir une carrière brillante de violoncelliste ou de compositeur, j'adorais composer dans ma jeunesse, mais j'ai fini par être avocat et économiste. Il ne m'a rien imposé, sauf que son anxiété agissait sur nous, sur moi plus que sur ma sœur, j'étais son fils aîné, et sa crainte que je ne sois plus faible que je n'en avais l'air a été déterminante. Ne pas faire ce qu'il attendait de moi sans me l'avoir jamais demandé aurait été une trahison, ou pire, un affront. »

Je m'aperçus que Gabriel Aristu n'avait presque pas touché à son plat. À un moment donné, sur une de ses indications, le sommelier vêtu d'un tablier en cuir nous avait servi avec cérémonie deux autres verres d'un vin rouge translucide, un miracle de finesse qui glissait sur mon palais novice. Je crois que nous avions tous deux du mal à regagner le présent, comme lorsque la lumière crue se rallume dans une salle de cinéma, à la fin d'un film. J'avais vaguement conscience qu'autour de nous les tables s'étaient remplies puis désemplies. Le *maître d'hôtel** obséquieux s'approcha et Aristu lui commanda un dessert dans un français que je compris à peine, mais qui suscita mon envie. Cette interruption ne rompit pas le charme du temps et il reprit son monologue au point où il l'avait laissé.

« Mais je ne veux pas rendre mon père responsable du cours de ma vie. Il est possible qu'il ne m'ait pas été difficile de renoncer à ce que je croyais être ma vocation parce que, en vérité, je n'étais pas sûr d'avoir du talent. Ou parce que je préférais ne pas fournir les efforts considérables que cela aurait supposé sans garantie de succès. Il est plus noble de penser que j'ai écarté cette carrière par déférence pour mon père, parce que je sentais qu'il ne dépendait que de moi de ne pas aggraver ses souffrances, toute l'horreur et la honte de cette fameuse nuit, les cauchemars qu'il a eus jusqu'à la fin de ses jours. Mais il se peut que j'aie agi par lâcheté. Ou même pas : par commodité. »

À cet instant précis il consulta sa montre. Il possédait à son plus haut degré l'étrange capacité américaine de déterminer sans paraître la calculer la durée appropriée d'une rencontre. Il était près de quinze heures, nous étions au restaurant depuis midi et demi. Aristu ne regarda pas par la fenêtre, mais je vis la voiture noire qui l'avait amené de nouveau garée au bord du trottoir.

Il avait consulté sa montre-bracelet d'un geste si cérémonieux qu'on l'aurait crue à gousset.

« Quelle horreur ! J'ai honte d'avoir monopolisé la parole si longtemps ! C'est le vin. Et la langue espagnole. Une association dangereuse pour moi. Quand je m'exprime en anglais et que je bois de l'eau, rien de tout ça ne me revient en mémoire. Il faut dire que ça n'intéresse pas Connie et nos enfants. Comme nous communiquons en anglais, ma vie espagnole n'existe pas. Ni pour eux ni même pour moi désormais. Ils sont nés et ils ont été élevés en Californie, Constance aussi. Là-bas le passé n'existe pas. Les Californiens trouvent que c'est une notion désuète d'Européens ou de gens de la côte Est. Évoquer un passé qui remonte à une cinquantaine d'années leur semble tout aussi invraisemblable qu'aller faire ses courses à pied. C'est contagieux. J'ai connu ça moi aussi. En arrivant dans cet État, j'ai fait table rase de mon passé, de ma vie en Espagne. Ce n'est pas que je les avais oubliés ou que je m'efforçais de les oublier. Je ne cherchais pas non plus à me réinventer, comme ils disent, mais je me suis délivré de mon passé comme on se délivre du tabac. Tout comme j'ai arrêté de porter ce premier été les vêtements conventionnels que j'avais pris dans ma valise. Ils se sont détachés de moi sans que je m'en rende compte, comme s'ils étaient tombés pendant que je marchais. Tu n'as pas ressenti cela en arrivant ici, au moins les premières semaines ?

– J'ai eu l'impression que ma vie d'avant restait en suspens. Je souffrais autant qu'avant mon départ, mais ma souffrance semblait s'être séparée de ma personne, comme si elle avait perdu ma trace ou que je l'avais laissée derrière moi.

– Et maintenant ?

– Maintenant elle m'a rattrapé et elle ne me lâche plus.

– Moi mon ancienne vie me revient. Pas dans mes souvenirs mais dans mes rêves. »

Je crus qu'il allait poursuivre, au lieu de quoi il s'arrêta. Il devait partir. Il s'appliqua à dissiper l'état d'âme dans lequel nous plonge l'évocation du passé comme on s'asperge la tête d'eau froide pour sortir de la somnolence. De mon côté il me fallait retourner aux archives de la Phillips Collection pour examiner pendant encore une heure ou deux les dessins de Valdés Leal, qui pour la plupart auraient pu être réalisés par n'importe quel autre peintre talentueux du XVIIe siècle. Lorsque nous prîmes congé sur le trottoir, Aristu me dit : « Constance m'a chargé de te demander si ta fille a aimé *Apollo 11.* »

Nous manquions de temps et je ne savais pas quoi lui répondre. Il devina qu'il n'aurait pas dû me poser cette question. J'aurais pu lui dire que oui, ma fille avait adoré ce cadeau, et passer à autre chose, lui adresser les vagues formules de politesse qu'on échange au moment de se dire au revoir, le remercier de son intervention qui m'avait permis d'accéder si facilement au musée ; j'aurais pu aussi lui avouer, j'étais sur le point de le faire, échauffé par l'effusion du vin et la promiscuité humaine, que ma fille ne répondait ni à mes cartes postales ni à mes lettres, que je ne recevais d'elle aucune marque de gratitude, aucune réaction me prouvant qu'elle recevait les cadeaux que je lui envoyais à chaque anniversaire et à Noël, aucun mot me spécifiant qu'elle avait déclaré devant un juge, en présence d'un psychologue médico-légal, qu'elle refusait de passer avec moi un seul des jours correspondant à mon droit de visite. Je lui répondis qu'on m'avait dit au Post Office que l'envoi serait long du fait de l'inefficacité des services postaux en Espagne, et qu'elle n'avait probablement pas encore reçu le paquet. Il écouta poliment mon mensonge sans se soucier de faire semblant d'y croire. Au moment de nous quitter, il me dit en me serrant la main avant de mettre ses gants : « Le temps passe. Le temps guérit, même si tu en doutes aujourd'hui. Le temps et la distance. »

Mais le temps ne guérit rien. Le temps tue. Le temps aggrave et détruit. Je l'ai appris au fil de ces années, en apprenant par ailleurs à survivre dans l'incertitude sans jamais vraiment reprendre pied, par manque de réelle solidité professionnelle, de débrouillardise académique ou plus simplement parce que je n'avais pas de chance et que j'accusais une forte propension au dérèglement personnel et à l'infortune ; Gabriel Aristu, qui était mon aîné et avait des références plus sérieuses que les miennes, l'avait compris, bien qu'il se soit senti obligé de m'adresser cette formule rassurante, aussi éculée que celles qu'on répétait aux obsèques espagnoles de sa jeunesse et d'une partie de la mienne. Dans les périodes les plus noires, aux pires moments d'écrasante solitude américaine, j'imaginais ou tenais pour sûr qu'en effet, le passage du temps suffirait à améliorer mes relations avec mon ex-femme ou à atténuer l'insatiable extorsion de ses avocats, et me ramènerait peu à peu ma fille, qui en grandissant se délivrerait de l'emprise de sa mère, à qui je ne pouvais donner aucune compensation ni dédommagement de rien car je ne me rappelais pas l'avoir offensée. « Un fils ou une fille a besoin d'aimer son père », me dit Gabriel Aristu des années plus tard, lors d'un autre déjeuner où c'était moi qui m'étais répandu en confidences, soulagé comme quelqu'un qui n'a pas pris part à une vraie conversation depuis très longtemps, moi aussi plus ancré dans ma condition d'étranger, encouragé à mon tour par l'association du vin français et de la langue espagnole. « Les enfants aiment naturellement leurs parents, d'instinct et par besoin. Les enfants de parents adultérins, de criminels, d'escrocs, d'ivrognes. Même les enfants de violeurs ont du mal à renier leurs parents. On accorde le pardon à un père prodigue comme on l'accorde à un fils. »

Gabriel Aristu fut muté à New York et nous cessâmes de nous voir ; j'occupai pour ma part d'autres postes dans d'autres universités, toujours aussi peu sûr de moi, contraint de manière épuisante de rire et d'obéir à toute norme visible ou implicite, de me soumettre à chaque précepte académique, poursuivi par une pauvreté imminente, la pension alimentaire à verser dans les délais impartis et les dépenses abusives ou dérisoires qu'il me fallait faire sans la moindre contrepartie, m'informant de manière indirecte des progrès scolaires, puis universitaires de ma fille, dont j'étais vainement fier, une année après l'autre, à mesure que le temps s'écoulait, qu'elle entrait dans l'âge adulte, se détachait de plus en plus de moi qui, cependant, à l'ère nouvelle de l'annulation des distances, cherchais de l'autre côté de l'Atlantique des photos d'elle et remontais sa trace sur Internet en éprouvant une culpabilité immuable pour ces actions clandestines, tel un amant éconduit, moi qui avais oublié sa voix d'enfant et ne connaissais pas celle de l'adulte, qui me parut si lointaine, si imprévue et pourtant familière quand je l'écoutai enfin dans un débat sur YouTube, une grande femme très élancée aux épaules droites et au menton décidé. Elle avait un soupçon de la couleur aqueuse des yeux de sa mère, s'exprimait bien mieux que moi en anglais, avec timidité et détermination, dans une salle de cours, devant un écran sur lequel passaient des images de nébuleuses et de galaxies, de longues formules mathématiques, parlant de supernovas et de trous noirs, incompréhensible, persuasive, admirable, ma fille qui, à présent, docteure *cum laude* depuis peu, travaillait à l'Institut d'astrophysique d'Andalousie, où je lui avais envoyé depuis College Park, Pennsylvanie, un bouquet de fleurs pour le premier jour d'une carrière d'ores et déjà infiniment plus brillante que la mienne.

C'eut été pire sans l'aide intermittente de Gabriel Aristu et de ses contacts haut placés, siégeant aux conseils consultatifs de musées et de centres de recherches en lien avec l'Espagne, au sein desquels il évoluait avec la même contenance que dans les bureaux et salles de réunion des institutions financières qui l'employaient et qu'il évoquait dans nos conversations de façon à la fois hermétique et méprisante, détenteur prudent de secrets inavouables et banals, de plus en plus impatient de prendre sa retraite, surtout quand nous nous revîmes à New York quelques années plus tard, qui pour lui semblaient avoir été longues et pénibles. Après ce déjeuner, notre lieu de rendez-vous resta toujours le même, un restaurant français qui n'avait rien d'extraordinaire situé dans une petite rue de l'Upper East Side, un bistrot normal, indémodable, et non une des imitations scénographiques faisant fureur chez les gens fortunés. Un bistrot si français que le service n'était pas assuré par de jeunes serveurs tatoués et inaptes, mais par le patron bougon qui ne parlait pas un mot d'anglais et ne servait pas de hamburgers.

J'arrivai avec dix minutes d'avance, Gabriel Aristu m'attendait déjà devant une corbeille de pain et un verre de bourgogne posé sur la nappe à carreaux. Il avait désormais le crâne rasé, ses os ressortaient de cette nudité, accentuant la sévérité espagnole de son visage. C'est en observant les autres et non en se regardant dans un miroir qu'on voit que le temps a passé. C'était l'automne de la grande crise financière, Lehman Brothers avait fait faillite du jour au lendemain. « L'argent est le mirage le plus fragile qui existe », me confia Aristu ; pour lui le monde avait cessé d'être compréhensible. Quand le patron misanthrope vint me servir un verre de vin, Aristu leva le sien d'un geste calme et un peu sarcastique pour porter un toast : « Une vie entière dans la banque pour finir par t'accueillir avec une phrase de Karl Marx : "Tout ce qui est solide fond dans l'air". » Il voulait prendre sa retraite, comptait les jours qui lui restaient pour ne plus retourner à son bureau, désormais au dernier étage d'un immeuble d'acier et de verre de Manhattan.

Il avait eu un cancer, m'annonça-t-il sans mélo. On l'avait prévenu : c'était un cas extrême et on lui avait proposé de tester un traitement expérimental qui, contre toute attente, s'était révélé un succès. Il était maintenant une célébrité dans la littérature médicale, mais sous le nom de « patient W ». Il avait eu peur de mourir et se reprochait à présent les moments où les complications mesquines de tous les jours lui avaient fait oublier la gratitude d'être vivant. Constance et lui avaient restauré une ferme coloniale à une heure de train de New York, sur une colline, au bord de l'Hudson, dans un paysage de forêts qui en automne devenaient rouges, jaunes et ocres. Il s'était remis au violoncelle. Une violoncelliste polonaise de l'Orchestre philharmonique de New York lui donnait des cours. De son vieux cartable d'ancien cadre supérieur bancaire, il tira avec une grande délicatesse des pages qu'il avait apportées pour me les montrer : la partition de la *Suite n° 1* de Bach annotée au crayon d'une écriture pâle et minuscule, avec une dédicace de Pau Casals à l'intention de son père, datée de juillet 1954, à Prades. Sa sœur l'avait découverte au fond d'un coffre, dans l'appartement familial qu'elle avait vidé après la mort de leurs parents. Il avait sérieusement repris le violoncelle en sortant ces pages du tiroir où elles avaient sommeillé pendant des années, « comme la harpe de Bécquer », conclut-il sans être sûr que je saisirais cette référence littéraire, qui lorsqu'il vivait encore en Espagne relevait du langage courant.

Mais nous n'aurions pas assez de temps pour nous raconter ce qui était survenu dans nos vies respectives. Il était proche de la retraite et j'occupais un poste plus ou moins stable au département des dessins de la Morgan Library. Ses enfants, sur lesquels il s'étendait rarement, me parlant d'eux avec un certain détachement, s'étaient installés loin : sa fille tenait avec son mari un ranch où ils élevaient du bétail près du Canada, dans une région plate comme une planche avec de terribles hivers ; son fils travaillait « pour le gouvernement », il effectuait des missions à l'étranger davantage liées à l'espionnage qu'à la diplomatie et passait de longues périodes en Asie ou au Proche-Orient, il n'avait pas le droit de dire où exactement. « Ce sont des Américains. Ils n'ont jamais cherché à être autre chose. Au fond ce sont des étrangers pour moi. Ou moi pour eux. » D'un air grave, il prit des nouvelles de ma fille. Je promis de lui envoyer des études qu'elle avait publiées dans de prestigieuses revues scientifiques. Il trouvait admirable, hasarda-t-il prudemment, qu'après tant d'années je n'aie pas baissé les bras ; admirable et aussi – il s'excusa avant de poursuivre – néfaste. C'était à son sens une souffrance inutile que j'avais le droit d'apaiser. Après nos discussions, il s'était renseigné sur l'existence de cas similaires, plus nombreux qu'on ne l'aurait cru. Il s'agissait d'un syndrome qui portait même un nom, un bannissement radical, la sujétion des enfants au ressentiment de la mère, l'acharnement que mettait celle-ci à les entraîner dans l'accomplissement de sa vengeance. Il y avait des livres, des thérapies spécialisées, des groupes de soutien. Il s'étonnait que je n'aie pas voulu me renseigner à ce sujet, que je me sois obstiné à ne pas polluer ma douleur avec ce qui m'avait toujours paru du blabla analytique. Je continuais à écrire à ma fille et à m'intéresser de manière obsessionnelle à sa vie non parce que j'avais encore de l'espoir, mais parce que je ne pouvais pas m'empêcher de le faire, que toute mon existence était placée sous le signe de cette irrémédiable ténacité. Ma vie entière avait disparu dans cette absence sans fond. J'étais constitué de cela. J'étais une absence qui n'admettait personne d'autre et expulsait de mon intimité quiconque s'en approchait, les deux ou trois femmes qui, au long de toutes ces années, avaient éprouvé un peu d'attirance pour moi.

Je parlais sans réserve et sans amertume. Après tout ce temps, ce quasi-inconnu de vingt ans mon aîné que je retrouvais régulièrement pour déjeuner et avec qui je n'avais en vérité que peu de points communs, car notre éducation, notre origine sociale nous séparaient, était mon seul ami. La robe rouge pâle du bourgogne et la langue étaient notre espace commun, l'aliment, le carburant de nos confidences. Il me dit que le cancer lui avait permis de découvrir qu'il avait très peur de la douleur physique mais pas de la mort, qu'il n'y avait plus en lui aucune trace de croyance religieuse, « ce qui aurait attristé mon père, car cela signifiait que j'avais perdu l'espoir de le revoir dans une autre vie ». Pourtant il le croisait de plus en plus souvent, enchaîna-t-il avec une satisfaction qui adoucissait ses traits, dans ses rêves, cette autre vie qui occupait chaque fois plus de place et était devenue plus hospitalière dès l'instant où il avait commencé son traitement contre le cancer. Il m'avoua qu'il se couchait tous les soirs dans l'expectative d'une rencontre probable avec les gens de jadis : des retrouvailles tamisées de mystère et de douceur, vivifiées par des sensations qui n'étaient plus accessibles à la mémoire consciente, où il voyait réapparaître des figures du passé, son père ou sa mère surtout, parfois ensemble, très unis, se protégeant autant l'un l'autre que de leur vivant. Ils n'étaient pas vieux mais tels qu'ils avaient dû être dans la fleur de l'âge. Ils le voyaient arriver après une de ses absences de plus en plus prolongées et l'accueillaient sans se plaindre, s'abandonnant à une profusion de baisers et d'étreintes qu'ils n'avaient pas pratiquée ici-bas. Et peu à peu sa joie devenait de l'angoisse, un soupçon qu'il voulait leur dissimuler afin de ne pas les meurtrir dans leur extrême fragilité de spectres : la suspicion, puis la conviction graduelle que tous deux étaient morts et que par conséquent cette rencontre était un rêve dont il allait bientôt se réveiller.

Ses yeux brillaient. Il garda le silence, pétrifié par la pudeur, au bord des larmes. Il n'était pas sorti intact de l'approche de la mort. Il inspira profondément et avala une gorgée de vin, et quand il s'essuya les lèvres avec la pointe de sa serviette il avait repris contenance. « Et en parlant de l'autre vie, ajouta-t-il dans un sourire austère, où en es-tu de tes études d'outre-tombe sur Valdés Leal ? »

Je mentionnai une exposition et un congrès auquel on m'avait invité, à Chicago, organisé par une spécialiste relativement jeune, d'origine espagnole me semblait-il, bien qu'elle ait un nom allemand, Zuber, Adriana H. Zuber. Après de si nombreuses années d'aridité académique, il était curieux de constater que de jeunes gens s'intéressaient à ce sujet assez obscur et, qu'à dire vrai, je trouvais assez pauvre. Cette professeure Zuber avait identifié un groupe de peintres, parmi lesquels plusieurs femmes, liés non pas directement à Valdés Leal mais à sa fille, qui avaient ouvert des ateliers dans des villes coloniales afin de fournir des tableaux religieux aux couvents, et cultivaient une sorte de syncrétisme baroque où intervenaient les traditions visuelles indigènes. Aristu sortit de sa distraction, à croire qu'il ne m'écoutait pas, pour me demander si je rêvais parfois de ma fille. J'avais l'impression qu'à présent il était plus distrait, lui qui avait toujours été si attentif à tout. Il m'avait appris peu de temps auparavant qu'il entendait mal et craignait que sa mauvaise audition n'empire et ne lui pose des difficultés pour jouer du violoncelle, de même que ses mains qui, avait-il remarqué, étaient moins adroites.

Je lui répondis qu'au moins, je ne souffrais plus dans mes rêves, qui n'étaient pas constamment angoissants et ne me montraient plus avec une mystérieuse cruauté narrative des images de tendresse et de retour au foyer vite démenties sans même que je me réveille.

Mais encore une fois il était ailleurs. Il me demanda si je connaissais personnellement cette professeure Zuber, me pria de lui envoyer des informations sur ce congrès à Chicago. Si je comptais m'y rendre, il pourrait m'y accompagner. Si cela ne me dérangeait pas, il aimerait bien que je le guide dans cette exposition à l'Art Institute. « Des saints, des vierges et des martyrs, des habits de moines, des têtes de morts, des chairs macérées d'ermites, lui dis-je. Toute l'Espagne macabre au goût du public américain avec un trait d'exotisme multiculturel. »

À un autre moment mon ironie l'aurait amusé. Le vin et la langue espagnole nous autorisaient une liberté d'expression qui n'était pas de mise dans notre vie professionnelle. Mais Gabriel Aristu était toujours absent, voire agité, peut-être impatient ou dissipé. Il m'interrogea de nouveau à propos de la professeure Zuber, que je ne connaissais que parce que j'avais lu certains de ses articles dans des revues universitaires, puis il cessa de m'écouter et je songeai, triste et un peu alarmé, que le cancer et son traitement l'avaient sans doute affecté plus qu'il n'y paraissait, son cerveau, sa mémoire, ou bien qu'il était touché par les prémices de la fragilité mentale du vieillissement.

Nous ne nous vîmes pas à Chicago, pourtant je lui avais envoyé le matériel préparatoire de l'exposition et du congrès. D'une activité à l'autre, le temps fila sans me donner l'occasion de le retrouver à New York, même s'il nous arrivait d'échanger des mails. J'avais appris qu'il était à la retraite. Il m'écrivit pour me raconter qu'il passait ses journées à jouer du violoncelle devant une fenêtre avec vue sur l'Hudson. Il interprétait Bach, lisait toute l'œuvre de Proust et Montaigne.

Je retournai à Madrid, en principe pour un semestre, afin de dispenser un cours au musée du Prado. Les choses se réalisent lorsqu'on ne les désire plus. Il semblerait même que ne pas les désirer est la condition *sine qua non* pour qu'elles surviennent. Par une matinée chaude de mai, je descendais les marches du perron du Casón del Buen Retiro quand mon téléphone vibra au fond de ma poche. C'était Gabriel Aristu, qui était à Madrid, « en visite confidentielle ». Il avait envie de me voir et m'invitait le lendemain, à treize heures trente, « le plus tôt possible pour un déjeuner madrilène », au restaurant de l'hôtel Wellington. Ses courriers électroniques étaient aussi convenus que ses lettres manuscrites : « En espérant que, de retour dans la patrie, tu ne sois pas déjà contaminé par le manque de ponctualité nationale. »

III

« C'est ton nom », commença-t-il, assis devant elle, qui le regardait en silence, posant sur lui ses yeux clairs et fixes qui traversaient le temps comme ils les traversaient, lui et son apparence toujours conventionnelle, ses désirs secrets, son aptitude à la dissimulation et au mensonge, l'obligeant à s'armer d'un courage qu'elle avait souvent et en vain exigé de lui et qu'il n'avait jamais eu, ou seulement maintenant et jusqu'à un certain point, avec cinquante ans de retard, alors qu'il ne paraissait plus d'aucune utilité ; c'était son nom, prononcé soudainement et au hasard par quelqu'un qui ne savait rien d'elle et l'avait dit d'un ton neutre et distrait, comme on dit, on écrit, on répète tant d'autres noms, sans savoir qu'il y en a un en particulier qui peut contenir une graine, inerte pendant des années et tout à coup vivante, une graine ou une seule goutte d'un liquide qui déclenche une réaction chimique irrépressible et encore cachée, comme la graine sous la terre, le nom qu'il n'avait pas prononcé à voix haute ni entendu en plus de quarante ans, qu'il avait lu pour la dernière fois dans l'adresse de l'expéditeur, sur les enveloppes contenant les lettres qu'elle avait un moment continué à lui envoyer en cachette alors qu'il avait cessé de lui répondre ou ne lui adressait que des mots courts, des cartes postales, voire des cartes de Noël, indignes de celles qu'il lui avait écrites lors de séparations antérieures, des chroniques de voyage et des confessions amoureuses, presque toujours voilées, longtemps par timidité ou rigidité, puis, lorsqu'elle s'était mariée, par prudence, car son mari l'avait menacée de détruire toute cette correspondance, dévoré par une jalousie d'autant plus toxique qu'elle n'était pas sexuelle mais guidée par le ressentiment que lui inspirait une sorte de communion inconditionnelle dont il s'était à jamais senti exclu et contre laquelle il ne savait pas se défendre, ne comprenant pas pourquoi il aurait dû combattre Gabriel Aristu, qui à l'inverse de lui n'avait pas d'argent, n'était ni fort ni grand ni attirant, et semblait au contraire un peu efféminé ou en tout cas réservé, avec cette passion qu'il avait pour le violoncelle, la musique classique et même le *ballet**, un ringard qui, d'Angleterre, avait un jour envoyé à sa femme des recueils de poèmes avec des feuilles automnales des chênes d'Oxford glissées à l'intérieur et des dédicaces en anglais « *For Adriana* », d'une écriture soignée, à l'encre sépia. « Ton nom qui m'est si cher », murmura Aristu sous son regard impassible, ses longs yeux en amande qui, maquillés, semblaient rajeunis ou la rajeunissaient elle, son regard dont la douceur sceptique correspondait exactement au demi-sourire esquissé par ses lèvres et à ce qu'elle pensait sans le lui dire : « Mon nom qui t'est si cher que tu ne l'as plus prononcé ni réentendu, parce que tu n'en avais pas envie, que tu avais cessé de m'aimer ou que tu ne m'aimais pas autant que tu le disais et que peut-être tu le croyais. »

Il baissait les yeux, regardait ses mains, devenues tout à coup celles d'un vieillard, bien que beaucoup moins déformées que les siennes, jointes sur ses genoux, inertes, belles et expressives dans leur décrépitude, d'un blanc translucide, comme son visage et ses cheveux en bataille illuminés par la clarté de la fenêtre, aussi flamboyants dans leur blancheur qu'ils l'avaient été lorsqu'ils étaient roux, un roux d'or et de cuivre. Pour retrouver le fil de ce qu'il voulait lui dire il devait se détourner de ses yeux qui ne clignaient pas, un regard perçant, transparent, aveuglant, « *laser-like* », songea-t-il, accoutumé à penser les choses en anglais et à les traduire aussitôt. Il était assis en face d'elle, sur une chaise au dossier haut et dur où il avait déjà dû s'asseoir des années plus tôt, et ce qu'il ressentait surtout, en plus de la gratitude que ce moment existe réellement, c'était une incrédulité obstinée, une crainte que ce qu'il vivait ne soit pas vrai alors que ces sens le lui confirmaient, qu'il était certain d'être éveillé : le regard d'Adriana en était la preuve, de même que la forme et la couleur de ses yeux, le dessin de ses sourcils aussi, ce regard qui ne l'avait pas quitté depuis que la porte s'était ouverte et qu'il avait pu la voir, au-delà de la pénombre du couloir, derrière la femme en uniforme au visage très brun et aux beaux yeux exotiques qui lui avait souhaité la bienvenue avec un doux accent latino-américain. Elle était assise dans la chambre, au bout du couloir comme au bout du temps, et quand Aristu s'était avancé vers elle il avait senti le magnétisme de son regard et en avait été si affecté qu'il avait tardé à se concentrer sur son entière présence, à la voir avec netteté, comme quand on passe d'une clarté excessive à la semi-obscurité. Il s'étonna qu'elle ne se lève pas. Dans l'un des ajustements graduels de sa perception visuelle, il s'aperçut qu'elle était non pas dans un simple fauteuil mais dans un fauteuil roulant. Sa fille l'avait prévenu la dernière fois qu'ils s'étaient parlé au téléphone, lorsqu'elle lui avait confirmé ce qui jusqu'alors était loin d'être sûr, à savoir que sa mère acceptait de le recevoir, ce jour-là et non un autre, à une heure précise et à la condition que la visite soit assez courte pour ne pas l'épuiser. Sa fille, l'autre Adriana, qui avait les mêmes yeux que sa mère mais un éclat différent dans le regard, l'avertit qu'il la trouverait plus changée qu'il ne l'imaginait, que les effets de la maladie étaient déjà très visibles, mais elle n'avait rien ajouté et il n'avait pas voulu poser davantage de questions, par pudeur, par précaution, par respect, par peur, et surtout parce qu'il ne se rendait pas compte qu'il ne verrait pas l'Adriana Zuber de 1967, ni celle qui lui était apparue de manière intermittente et de plus en plus assidue dans ses rêves, mais une dame de son âge qui, depuis des années, était minée par une maladie qui la paralysait peu à peu, et qui ces derniers temps ne lui permettait plus de se lever longuement ni de tenir un stylo-plume ou un livre entre ses mains, ou même, parfois, d'avoir la force nécessaire pour se servir d'une fourchette.

Après ses yeux il observa ses mains, jointes dans son giron, serrées pour contenir ou dissimuler leurs tremblements insidieux, les deux mains sur ses genoux, ses pieds dans des chaussures orthopédiques sur le support du fauteuil roulant. Il s'était approché d'elle sans savoir comment la saluer, maladroit comme dans son adolescence guindée. À présent il regrettait de ne pas avoir demandé de conseils à sa fille. Lèverait-il ses mains pour les serrer dans les siennes, se pencherait-il pour lui donner un ou deux baisers ? La femme en uniforme resta un moment debout à côté d'elle, avec tout le sérieux des bonnes à l'ancienne, ce qui intimidait encore plus Aristu. Il ne fit rien, aussi gauche que lors de ses visites dans sa lointaine jeunesse, se contentant de soutenir son regard. Il ouvrit la bouche, inspira, remua les lèvres sans formuler le moindre mot, ce qui lui fit redouter d'être dans un rêve, un de ceux où il se voyait face à elle sans parvenir à dire quoi que ce soit car sa langue était paralysée, ou alors il l'apercevait de dos dans la rue et voulait l'appeler, mais aucun son ne sortait de sa bouche, ou bien il soulevait le combiné du téléphone et entendait sa voix qui disait son nom sans qu'il puisse lui répondre, de sorte qu'elle raccrochait. Les yeux rivés sur lui, elle aussi bouleversée par une apparition qui perturbait l'ordre quotidien de sa réalité, elle dit quelque chose qui lui échappa car il était distrait et ne reconnaissait pas sa voix, cela lui arrivait souvent, en revenant en Espagne, une chose qui, au départ, l'avait mortifié aux États-Unis : il entendait des propos indéchiffrables qui en réalité étaient très simples et que son cerveau saisissait avec quelques secondes de retard.

« Fanny, apporte une chaise, s'il te plaît » : voilà ce qu'avait dit Adriana, mais sa voix lui avait causé une impression si forte que le discernement lui manqua pour comprendre ces mots. Il en déduisit le sens quand la femme approcha la chaise et, d'un geste, l'invita à s'asseoir avant de s'incliner légèrement et de disparaître, ou du moins de s'effacer au point qu'il cessa de percevoir sa présence. Adriana Zuber, qui avait été si droite, si altière sans effort et sans une ombre d'arrogance, se tenait maintenant légèrement voûtée vers l'avant, mais il constata qu'elle avait toujours le menton haut, et même s'il tremblait imperceptiblement c'était le même menton inaltérable, ferme dans son obstination et sa façon de toiser, la mâchoire entière, dessinée avec une grande netteté, qui éveillait en lui un souvenir tactile comparable à celui qu'aurait pu avoir un aveugle. Ses cheveux aériens et abondants, aux boucles turbulentes, indomptés comme par le passé, soulignaient la forme de son visage. Le modelé de sa beauté se superposait à la dévastation du corps incliné et déformé, à ses mains noueuses, recroquevillées comme ses genoux. Mais ses yeux et les os délicats de ses pommettes, ses tempes, sa mâchoire, sa grande bouche qui avait été toujours prête à rire resplendissaient devant lui, comme à l'abri du temps, de même que sa voix de jeune femme qu'il avait complètement oubliée, pour ne l'avoir que rarement écoutée ou cru l'écouter en rêve. Maintenant il se rappelait soudain que cette voix pouvait osciller entre le sarcasme et la tendresse, qu'elle pouvait paraître limpide comme des éclats de rire et l'instant d'après enveloppée d'une sorte de noirceur.

« Tu as dit que tu reviendrais vite et tu as mis cinquante ans.

– En fait quarante-sept.

– L'expert en chiffres.

– Je me suis souvenu de tous tes anniversaires. Tous les 31 décembre, à minuit, très exactement, je me demandais où tu étais, avec qui tu fêtais ce réveillon. Si tu avais une pensée pour moi.

– Tu aurais pu m'écrire. Tu aurais même pu me téléphoner si tu l'avais voulu. Tu aurais pu venir me voir une fois ou deux.

– Au début, des années se sont écoulées avant que je revienne en Espagne. J'avais beaucoup de travail, des voyages partout dans le monde, des enfants.

– Tu n'as plus répondu à mes lettres. À un moment donné elles me sont revenues.

– On a déménagé à Washington. Tu n'as pas idée de ce qu'ont été toutes ces années. Je me suis laissé embringuer dans le travail, j'avais des tonnes d'obligations. Je n'avais pas le temps de vivre ni d'élever mes enfants.

– Toi non plus, tu ne peux pas imaginer la vie que j'ai menée. Seule, séparée dans ce Madrid sinistre, seule avec ma fille, répudiée. À l'époque, les maris pouvaient répudier leur femme.

– Constance a vu tes lettres et tes photos. Elle m'a demandé de les brûler. Elle m'a fait promettre de ne plus t'écrire. »

Le regard rivé sur lui, à l'affût de chaque inflexion de sa voix, elle avait détecté qu'il ne lui disait pas tout. Adriana avait toujours eu une sorte d'oreille absolue, un capteur infaillible le concernant, capable de repérer non ses mensonges, car il trompait rarement son monde de cette façon, mais ses demi-vérités, son manque de sincérité, des modifications ou des suppressions dérisoires. Constance lui avait en effet demandé avec une certaine fermeté de détruire ces lettres et ces photos, mais elle l'avait fait comme pour le prier de débarrasser les objets superflus d'un grenier à la veille d'un déménagement. Pour elle, la vie espagnole de son mari était un obstacle auquel elle ne prêtait guère attention et dont elle tâchait dans la mesure du possible de se tenir éloignée, un héritage sans grand intérêt, un pays pittoresque et chaud où l'on mangeait à point d'heure, s'embrassait et s'étreignait éternellement au moindre prétexte, fumait jusque dans les autobus. N'ayant aucune nostalgie de quoi que ce soit, Constance ne pouvait pas s'intéresser à la nostalgie d'autrui ni s'en inquiéter, même s'il s'agissait de celle de son mari, malgré les semaines de vacances qu'ils passaient en Espagne tous les deux ou trois ans, entourés de parents de plus en plus âgés dont elle oubliait les prénoms d'un séjour à l'autre. Mais les photos, en revanche, les photos d'Adriana Zuber, elle les avait examinées méticuleusement et s'était assurée qu'il les avait déchirées et que les morceaux avaient bien fini à la poubelle.

Il eut alors peur que son portable se mette à sonner et que ce soit Constance, qu'il ne sache pas quoi faire ni quoi lui répondre quand elle l'interrogerait sur ses activités. Comment pourrait-il lui mentir devant Adriana Zuber, lui dire qu'il était à Genève et qu'il devait raccrocher sous prétexte qu'il était en réunion ? Il pouvait toujours laisser le téléphone sonner, mais ce serait encore plus embarrassant, même en mode vibreur, et de toute manière il avait la certitude qu'il rougirait, soumis à un examen encore plus profond par le regard d'Adriana, confronté à la question inévitable qui n'avait pas besoin d'être formulée, pourquoi n'as-tu pas dit à ta femme que tu allais à Madrid, même sans lui parler de notre rendez-vous, quel besoin y a-t-il à garder un secret qui n'a jamais compté pour toi, et d'ailleurs qu'est-ce qui compte aujourd'hui ? Il prendrait vite congé d'elle après être resté un temps acceptable, puis il retournerait à Genève, achèterait chez un antiquaire un cadeau distingué pour Constance. Il pourrait embarquer sur un vol tardif à destination de New York, dans la soirée, ou bien partir le lendemain, acceptant la futilité de cette rencontre, son acharnement puéril à renouer les liens coupés il y avait des années de cela, les liens oubliés, abolis par la vraie vie, la seule qu'il ait eue et qu'il aurait jamais au point où il en était, la vie qui, à présent, ce matin, depuis qu'il avait ouvert les yeux dans la chambre de son hôtel madrilène, devenait irréelle et lointaine comparée à ce qu'il traversait, la cascade du retour, ce qui allait survenir dans les deux heures qui suivraient, pas davantage, quand il se retrouverait devant la porte de l'immeuble, à l'ombre des acacias où la professeure Adriana H. Zuber lui avait dit que sa mère l'attendrait. « Ce sera très dur pour elle, lui avait expliqué sa fille, qui avait la même chevelure rousse ébouriffée et les mêmes yeux clairs, mais sans l'éclat d'intelligence passionnée de sa mère. Vous vous doutez bien que pour une femme qui a été aussi soignée, et elle l'est toujours, une femme aussi soucieuse de son apparence, vous laisser la voir dans cet état… »

En outre elle se fatiguait vite, le prévint-elle, toute émotion l'affectait exagérément et la vidait de ses forces, il devrait surveiller ses propos, être attentif aux indications de Fanny, son auxiliaire de vie, qui était devenue sa confidente, pour ne pas dire sa seule amie, sauf quand elle-même revenait du semestre de cours qu'elle dispensait aux États-Unis, d'où elle l'appelait tous les soirs, maintenant sur Zoom, pour s'assurer de sa bonne forme physique, du bouillonnement toujours intact de ses intérêts et de sa curiosité, de la persistance de sa coquetterie, ce à quoi Fanny l'aidait et se faisait sa complice, debout derrière elle, qui se regardait dans le miroir, essayant des crayons, des rouges à lèvres, des crèmes, des fards discrets, délibérant avec elle du choix de boucles d'oreilles, de colliers, d'accessoires, le pull noir à col roulé qu'elle l'avait aidée à enfiler le matin, le foulard en soie, les pendants en or filigrané portugais qu'il ne remarqua pas à première vue alors que c'était lui qui les lui avait offerts, de retour d'un voyage avec son père à Lisbonne dont il ne gardait aucun souvenir.

« Je te l'avais dit, Fanny, qu'il ne se rappellerait pas », dit-elle quand l'auxiliaire entra en apportant le service à thé sur un plateau, et Gabriel Aristu, ainsi qu'elle l'avait prévu, sentit qu'il rougissait devant les deux femmes, son austère pâleur espagnole altérée par un accès de timidité comme il n'en avait pas eu depuis un demi-siècle, mais qui l'affectait de nouveau, de même que les contractions au ventre et le galop de son cœur un peu plus tôt, quand il avait pénétré dans l'immeuble et tâché de s'éclaircir la voix pour s'adresser au concierge avant de monter dans l'ascenseur fastueux et très lent, de se regarder d'un peu trop près dans le miroir, où son visage affichait une expression qu'il ne connaissait pas, comme lorsqu'on se voit par surprise dans une vitrine et qu'on découvre des traits étranges pendant quelques dixièmes de secondes.

C'est en entendant son nom qu'il avait reçu le premier assaut de cette agitation pleinement physique qui faisait palpiter son cœur et flageoler ses jambes tandis que l'ascenseur s'élevait, qu'il avançait dans un couloir oublié jusqu'à une porte à laquelle il ne lui semblait jamais avoir frappé auparavant. Toutes ces années il avait souvent revu Adriana Zuber, mais uniquement en rêve. En dehors de cela et de plusieurs souvenirs intermittents en quelque sorte furtifs, elle n'avait pas existé pour lui. L'oubli a une texture aussi variable et hasardeuse que la mémoire. Celui qui part oublie bien plus facilement que celui qui reste, il disparaît du monde où s'ancrait la mémoire. En 1967, il n'existait aucun moyen d'écourter la distance entre Los Angeles et Madrid. Les lettres mettaient des jours à arriver et, lorsqu'elles arrivaient, il émanait d'elles un air mélancolique de choses anciennes, comme une musique de danse de salon aussitôt couverte par un vacarme de guitares électriques.

« C'était tellement inattendu que j'ai maintenant du mal à y croire, dit Gabriel Aristu. C'est grâce à ce pauvre homme, un ami, une connaissance, il s'appelle Máiquez, le professeur Julio Máiquez. On discutait, j'étais un peu distrait parce qu'il me fatigue, cet homme, même si je le trouve sympathique, c'est une de ces personnes qui se demandent pourquoi elles n'ont pas de chance dans la vie. Pourtant il a fait carrière, oh, rien de très brillant, mais sa trajectoire est assez solide, ou plutôt continue. Il est triste jusque dans son domaine de recherche, la peinture religieuse espagnole et coloniale du baroque tardif. C'est la partie coloniale qui donne maintenant le plus de résultats. Il y a trente ans, sa femme l'a quitté sans une explication et il ne s'en est pas encore remis. En fait elle ne l'a pas quitté, elle l'a expulsé de chez lui. Une de ces existences qui prennent un tournant radical et ne reviennent jamais à la normale. Il a une fille qui est une pointure internationale en astrophysique et qui apparemment n'a pas de mal à briller, contrairement à son père. Il y a des gens qui ont de l'éclat, d'autres non.

– Toi, tu en avais et tu l'as perdu, intervint Adriana Zuber. Avec moi tu en avais. »

Il baissa les yeux mais sentait toujours son regard sur lui. Il s'arrêta un instant avant de poursuivre. Une réelle affection avait remplacé la pitié gênante qu'il éprouvait pour le professeur Máiquez parce qu'il racontait son histoire à Adriana Zuber.

« Depuis que sa femme l'a mis dehors, sa fille ne lui a plus adressé la parole. Il m'est sympathique tout en me dégoûtant un peu. Je crois qu'il n'a pas eu une enfance facile, enfin, il ne m'a rien dit à ce sujet. Il était boursier, provincial, d'une famille pauvre. Il y a chez lui un manque de raffinement, un côté rustaud. Il est parfois bien habillé mais il transpire. Il mange goulûment. Je me sens coupable de relever ce genre de choses, le problème c'est que c'est plus fort que moi. Il faut quand même avouer que c'est grâce à lui que je suis ici aujourd'hui. En cela, je lui suis redevable, bien qu'il ne le sache pas. Un jour, il me parlait sans que je l'écoute vraiment parce que j'étais perdu dans mes propres préoccupations, je pensais à l'ombre du cancer, aux résultats des examens qu'on devait me fournir dans l'après-midi…

– Adriana m'a dit, oui. Tu aurais pu mourir et je ne l'aurais pas su.

– Je vais bien maintenant, pour le moment je suis libéré de tout ça, m'a-t-on dit. Je ne me suis pas senti aussi fort depuis ma jeunesse. J'étais un peu distrait par ces problèmes ce jour-là, et mon pauvre ami historien n'arrêtait pas de me parler de peintres de deuxième ordre. Puis il a prononcé ton nom et ça été comme si je me réveillais.

– Le nom de ma fille. Tu ne peux pas imaginer comme ça a été dur de l'élever. Du nom de son père elle n'a gardé que l'initiale.

– … il l'a prononcé comme ça, en passant, et moi je ne savais pas quoi faire pour qu'il le répète, mais je n'osais pas le lui demander directement parce qu'il continuait ses divagations enflammées sur ces peintres. J'aurais voulu l'orienter, le ramener vers ton nom, je croyais qu'il parlait de toi, mais impossible. Pourtant il l'avait prononcé et c'était suffisant, même une seule fois. Il l'a prononcé et me voilà ici. »

(Sur la page Web du Sarah Lawrence College, il avait trouvé, et son cœur chavira, la photo et le nom de la fille d'Adriana ainsi que son adresse mail. Il lui écrivit depuis l'ordinateur de la banque, enfermé dans son bureau, pesant chaque phrase, chaque mot, se demandant s'il valait mieux adopter l'espagnol ou conserver l'anglais. À son grand soulagement, compte tenu de sa nervosité croissante, il reçut une réponse immédiate. C'était un message automatique l'informant que la professeure Zuber était en voyage et ne lirait peut-être pas tout de suite son courrier. Il attendit plusieurs jours, consultait sa messagerie sur son téléphone avec une fréquence qui, chez lui, était inhabituelle, furtivement s'il était à la maison, non loin de Constance. Il avait indiqué son numéro dans son mail. Un matin, il traversait le parc en direction du West Side quand il reçut un appel. Pendant quelques secondes vertigineuses il crut entendre la voix d'Adriana, qu'il trouva d'abord étrange avant de la reconnaître, après toutes ces années. Ses traitements l'avaient beaucoup affaibli et il craignit d'avoir un malaise et que ses jambes se dérobent. Après son cancer, il avait gardé une sensibilité exacerbée, une propension embarrassante aux effusions affectives, à l'angoisse, au bonheur, aux larmes. À son âge avancé il semblait retomber dans l'adolescence. Ils parlèrent anglais et, sans s'en rendre compte, passèrent à l'espagnol. Quelle que soit la langue, il avait tout autant de mal à s'exprimer. L'Adriana jeune lui dit que lorsqu'elle était petite, sa mère lui avait beaucoup parlé de lui. Elle avait une voix cordiale, parlait l'espagnol avec un accent américain et intercalait des mots anglais dans ses phrases. Elle lui apprit qu'elle se rendait souvent à New York le week-end. Elle avait d'ailleurs prévu d'y aller dès la semaine suivante car elle voulait voir un récital de Yo-Yo Ma au Carnegie Hall. Ils raccrochèrent après avoir décidé qu'elle lui confirmerait sa venue. Soudain des gens firent du bruit autour d'elle et il ne l'entendit pas prendre congé, ou alors la communication s'interrompit. Il n'osa pas la rappeler. Le lendemain il reçut un SMS. Elle était désolée, elle devait remettre son passage à New York parce qu'il ne restait plus de places pour le concert. Au lieu d'un point final, elle avait ponctué sa phrase d'une émoticône triste. Quelques heures plus tard, Aristu lui téléphona de son bureau. Il avait un billet pour elle. Il ne lui révéla pas qu'il l'avait obtenu de Yo-Yo Ma lui-même. Il devait s'efforcer de parler fort et distinctement, car il avait l'impression qu'elle ne comprenait pas tout ce qu'il lui disait. Si elle était libre, il lui proposait de dîner avec lui après le concert, dans un endroit proche du Carnegie Hall qu'elle connaissait peut-être, un restaurant italien tranquille, Il Gattopardo, dans la 54e rue, derrière le MoMa. Il donnait l'impression d'être un aspirant séducteur maladroit d'une autre époque qui, dans l'incertitude d'obtenir un rendez-vous, proposait des tentations plus solides que le charme douteux de sa personne.

Il ne lui dit pas qu'il assisterait lui aussi au récital. Assis à côté de Constance, depuis sa loge en hauteur, il distingua dans ses jumelles de théâtre un panache de cheveux roux à un fauteuil d'orchestre qu'il avait déjà occupé à de multiples reprises. Nouvelle pour lui, la sensation d'agir en cachette l'étourdissait. C'était un dimanche après-midi et le concert commençait tôt. Il connaissait par cœur toutes les suites pour violoncelle, la façon dont Yo-Yo Ma les interprétait suscitait en lui une admiration teintée de mélancolie et d'envie, mais ce jour-là il n'y prêta guère attention. De la scène illuminée ses yeux dérivaient vers la tache de cheveux roux du cinquième rang, qui ressortait parmi de nombreuses têtes blanches.

Sitôt dehors, Constance s'engouffra dans un taxi car elle avait prévu de dîner avec un groupe d'amies. Il envoya un SMS à Yo-Yo Ma pour le féliciter et s'excuser de ne pas pouvoir le retrouver dans sa loge. Il n'était que dix-sept heures mais la nuit tombait déjà. Un vent arctique s'était levé après un soleil dominical trompeur. Il fit quelques tours dans les petites rues entre la Cinquième et la Septième avenues, dépeuplées et sombres à cette heure, en direction du restaurant. Comme il l'avait prévu, l'établissement était quasiment vide. En avance, il s'installa à une table au fond de la salle afin de voir les clients qui entraient. Il aimait cet espace pas trop grand, son plafond bas, son élégance sobre, ses nappes blanches, sa modernité accueillante typique du début des années 1960.

La fille d'Adriana Zuber, qui avançait vers lui en évitant les tables désertes, lui fit tout d'abord l'effet d'un mirage. Peu à peu son regard s'accoutuma à la réalité, à la manière d'un objectif faisant le point après plusieurs tentatives. C'était elle et ce n'était pas elle. Elle était jeune, mais pas autant qu'il lui avait semblé, plus âgée que sa mère telle qu'elle apparaissait dans ses souvenirs. Il se livra à un calcul rapide quoique confus. Elle avait une quarantaine d'années. Ses pommettes constellées de taches de rousseur étaient rougies par le froid. Quand elle retira son bonnet de laine, sa chevelure rousse se déploya comme une flamme. Un instant les yeux clairs de l'Adriana Zuber de 1967 se posèrent sur lui avant que leur éclat s'éteigne. L'ombre du père s'insinuait dans ses traits qu'elle durcissait. « Elle aurait pu être ma fille », pensa-t-il, brusquement étonné. Elle le remercia chaleureusement de lui avoir offert le billet, cette place magnifique si proche de la scène qu'elle avait vu en toute clarté les mains de Yo-Yo Ma, senti physiquement la vibration du bois et des cordes. Son enthousiasme la faisait de nouveau ressembler à sa mère. Il ne lui révéla pas qu'il était également dans la salle. Taire certaines choses et garder des secrets comptait parmi ses talents professionnels, mais c'était une nouveauté dans sa vie personnelle, un apprentissage tardif.

À présent il écoutait en silence. Il la regardait parler et, plus calme, se concentrait sur ses expressions, cherchant à y retrouver celles de sa mère, plus sûr de lui, faisant preuve de désinvolture dans le choix du repas et du vin, des luxes pour elle inhabituels dans sa vie austère de professeure assistante, de même que le fauteuil d'orchestre du Carnegie Hall, et dont elle lui était reconnaissante. Il n'eut pas à lui poser de questions. Enhardie par le vin, par l'air chaud après le froid de la rue et les plats italiens, elle lui raconta la vie qu'elle et sa mère avaient menée, le scandale encore retentissant quand elle eut l'âge de raison, le clan isolé qu'elles formaient à elles deux après avoir fui Madrid et le père irascible qui avait répudié légalement son épouse, que néanmoins il poursuivait et harcelait, la fillette qui se réveillait en pleine nuit et la mère entourée de livres et de dictionnaires, traduisant au forfait, les longues années d'obstination et de privations, les cours particuliers de langue et de musique, les déménagements soudains, les changements confus de villes et d'écoles, l'existence qui, petit à petit, acquérait un semblant d'apaisement et qui lui était résumée là, dans ce restaurant presque vide le dimanche soir, le lien d'amour immense entre une mère et sa fille, des jumelles, disait-on d'elles parfois, la mère enfin devenue une éditrice de littérature étrangère respectée et la fille qui l'assistait parallèlement à ses études d'histoire de l'art, toujours ensemble, inséparables, jusqu'à ce qu'elle, la mère, l'encourage à accepter une bourse pour préparer un doctorat aux États-Unis, alors qu'elle devait se douter que la maladie s'insinuait en elle, mais qu'elle la cachait, peut-être par orgueil, du fait de sa détermination immémoriale à se débrouiller seule, mais surtout de peur que sa fille ne renonce à ce qu'elle désirait et méritait, l'autre Adriana Zuber, qui regardait le monde avec les mêmes yeux clairs et étonnés.)

Ce n'est qu'au moment où il se tut que Gabriel Aristu s'aperçut qu'il avait beaucoup parlé, sans même s'arrêter pour reprendre son souffle, tant par peur que le silence s'installe que d'être démuni sous le regard impassible d'Adriana Zuber après une de ses remarques tranchantes, et aussi à cause de l'attitude vigilante de Fanny, qui apparaissait et disparaissait de manière feutrée, à croire qu'elle n'avait ni poussé la porte ni marché sur le parquet, comme une de ces saintes ou martyres des tableaux religieux du XVIIe siècle, ses cheveux noirs relevés, son visage brun et grave, ses mains portant des plateaux ou des vases remplis de fleurs. Son regard en coin contenait également un savoir, un jugement. Peut-être restait-elle sur ses gardes pour épargner à sa patronne toute contrariété, toute âpreté susceptible de nuire à sa santé et à sa présence si fragiles, parce que la fille absente lui avait délégué ce rôle et de par sa propre volonté, car en veillant sur Adriana elle avait atteint un degré de familiarité intime avec elle. Elle connaissait son corps, ses asservissements et ses humiliations physiques mieux que sa fille. Elle était la seule à savoir ce que cela avait coûté à sa patronne de se présenter sous cette apparence pour recevoir son visiteur, qui semblait étranger. Elle avait cherché dans les tiroirs et les écrins les boucles d'oreilles qu'elle voulait porter, elle en avait étudié l'effet à côté d'elle, devant le miroir qui l'avait vue lui appliquer du rouge à lèvres et dessiner la ligne de ses sourcils. L'homme lent et nerveux qui avalait sa salive et parlait si bas que Madame ne l'entendait probablement pas bien regardait ses mains pour ne pas la regarder elle, et il se taisait, comme absorbé par sa montre-bracelet en or, les poignées de sa chemise ou ses boutons de manchette également en or, mais il s'était soudain mis à parler avec plus d'assurance pour ensuite se murer à nouveau dans le silence, sans que sa patronne ait cessé de l'observer de ses yeux si jeunes qui perturbaient encore Fanny tant ils étaient perçants, alors qu'elle y était pourtant habituée et savait qu'ils étaient dépourvus de méfiance et de malice, mais leur intensité ne faiblissait jamais et demeurait peut-être à l'identique pendant ses insomnies, car il se pouvait que sa patronne, assaillie par d'innombrables douleurs, ne dorme jamais.

Fanny était sortie après avoir déposé le service à thé et, en chemin vers la cuisine, elle avait continué d'entendre la voix monocorde de l'homme, qui expliquait avec bien trop de détails quelque chose à propos de la fille de Madame, décrivait l'émotion qu'il avait ressentie en la voyant de loin et en croyant un moment qu'il s'agissait d'elle trente ans auparavant. Mais maintenant elle avait beau dresser l'oreille dans la petite pièce réservée à la couture contiguë au salon, le meilleur endroit pour veiller sur sa patronne sans interférer dans la solitude à laquelle elle prenait un plaisir tout à fait évident, elle ne les entendait ni l'un ni l'autre, et le silence lui parut si prolongé qu'elle s'approcha discrètement pour voir ce qui se passait. Le visiteur n'avait pas bougé, sa tasse de thé entre les mains, comme pour s'y réchauffer, et Madame l'observait d'un air indulgent, comme si elle patientait sans hâte, sans chercher à le délester du poids du silence ni céder à l'obligation et à la difficulté qu'il y avait de le briser. De la pièce voisine Fanny la trouva tout à coup plus droite, de profil, presque souriante, les mains posées sur ses genoux, chaussée des souliers choisis grâce à son aide et qu'elle lui avait mis au prix de gros efforts, car ses pieds inertes étaient plus déformés que ses mains.

Elle avait laissé la porte du cabinet de couture entrebâillée, comme elle le faisait toujours quand elle n'avait pas d'autre occupation que de surveiller sa patronne sans se montrer. Elle se distrayait en effectuant quelques travaux d'aiguille ou s'abandonnait à ses pensées, à la mélancolie de son pays lointain, aux enfants qu'elle y avait laissés et dont elle voyait les visages et entendait les voix tous les jours sur Skype, mais surtout elle était attentive comme une infirmière de garde, la nuit, prête à sortir dès que Madame aurait besoin d'elle, s'il lui arrivait quelque chose et que par délicatesse, pudeur ou résignation elle n'osait pas l'appeler, si elle essayait de saisir un verre avec ses mains faibles et s'il se renversait et tombait par terre, si le livre qu'elle tenait lui échappait, quand elle s'entêtait encore à lire sur papier, avant que sa fille lui apprenne à se servir d'un iPad, qu'elle maîtrisait désormais en l'effleurant simplement du bout de ses doigts que Fanny trouvait si singuliers, elle qui avait de grandes mains puissantes habituées aux tâches énergiques ou plus minutieuses, en cuisine et en couture, de larges paumes rêches que sa patronne appréciait lorsqu'elle la massait avec une telle dextérité qu'il n'était plus nécessaire qu'elle contacte un physiothérapeute. « Tes mains sont rugueuses et pourtant elles sont tellement douces et savantes, Fanny. » Les mains de sa patronne avaient quelque chose d'enfantin, petites en regard de son corps, avec des doigts fins et osseux, des ongles courts comme ceux des écolières. Elle avait continué de jouer du piano jusqu'à ce que la maladie s'aggrave. Elles étaient si délicates que quand Fanny les serrait dans les siennes elle percevait sous la peau les articulations distendues, des mains enfantines à présent décrépites, tordues par le mal qui vrillait et paralysait peu à peu tous les os, tous les muscles de son corps. Madame lui avait demandé ce matin de lui mettre du vernis du même rouge provoquant que celui qu'elle avait sur les lèvres, mais en voyant ses ongles lorsque Fanny eut fini de l'appliquer, elle fit le geste instinctif de les cacher, peu avant que la sonnerie du téléphone retentisse, sa fille ayant demandé au visiteur d'appeler dans la matinée, une heure avant de venir, bien que le rendez-vous ait été confirmé depuis plusieurs jours, au cas où sa mère aurait passé une plus mauvaise nuit que d'habitude et n'aurait pas été en condition de le recevoir, ou si elle avait changé d'avis : quel intérêt y avait-il à ce qu'ils se voient au terme de si nombreuses années, eux qui étaient non pas d'anciens amants mais deux vieillards, lui et elle, lui tout juste remis d'un cancer et elle infirme, en vérité des inconnus l'un pour l'autre, séparés par deux vies étrangères, qui ne s'étaient quasiment pas donné de nouvelles depuis près de cinquante ans, lui avait rappelé la fille d'Adriana avec une rigueur argumentative professorale quand Gabriel Aristu avait suggéré cette visite, dans un autre siècle et un autre monde, cette fille plus américaine qu'espagnole qui occupait une chaire à Princeton, rien de moins, qui portait son nom et avait hérité de sa chevelure rousse et bouclée et de ses yeux, de son intelligence, mais pas de sa douceur ni de son ironie.

Fanny s'avança vers la porte entrebâillée, craignant un incident, refusant pourtant de s'immiscer. Il fallait que sa patronne et le visiteur restent seuls, que chacun s'accoutume à la proximité de l'autre après avoir été séparés par l'amplitude de l'espace et du temps, et sans doute était-il bon que le silence s'éternise ; quoi qu'il en soit, il leur coûtait de le briser. Dans le silence de la pièce voisine lui parvenaient les bruits étouffés de la circulation proche et lointaine, du balancier de l'horloge qui indiquait des heures décalées. Fanny identifia le tintement d'une petite cuillère dans une tasse, le craquement d'une chaise sous un corps. Le visiteur se redressait pour poser la tasse sur la table et avalait sa salive, s'éclaircissait la gorge après une toux sèche pour reprendre la parole, si bas qu'elle avait l'impression qu'il était plus loin. Plus fort, avait-elle envie de lui dire en pénétrant dans le salon, ne soyez pas si cérémonieux, n'ayez pas peur.

C'était la peur insensée d'être en train de rêver et de se réveiller en sursaut, comme toutes les fois où il avait été certain de voir Adriana Zuber et s'était dit qu'assurément il avait bien les yeux ouverts, mais en formulant ces mots à part soi il éprouvait un soupçon insidieux et cependant d'abord invraisemblable, car tout ce qu'il avait devant lui et entendait si distinctement, avec des détails si précis, inattendus ou recherchés, ne pouvait que correspondre à la réalité. Comme à cet instant précis, il lui était souvent arrivé au fil de ces nombreuses années de se tenir face à Adriana Zuber, de lui raconter ce qu'il lui racontait à présent en employant des mots très similaires, apportant de légères variations à un patron invariable, les brouillons successifs d'un récit qui n'acquérait jamais de forme définitive. Il était avec elle, dans un lieu tantôt défini, tantôt inconnu, heureux de l'avoir enfin retrouvée, impatient de lui parler de sa vie et de l'écouter parler de la sienne, parfois rassuré d'avoir beaucoup de temps pour se confier, souvent incertain sur ce point et de ce fait avide de profiter de ce moment, tous deux mutuellement désireux de raconter autant que de connaître des émotions qu'ils avaient ressenties dès qu'ils s'étaient rencontrés et que ni l'un ni l'autre n'avaient partagées avec qui que ce soit à un tel degré d'intensité. Ils étaient réunis dans un présent aussi imprécis que l'endroit où ils se trouvaient, et leur infinie gratitude, leur étonnement dénué de scepticisme les submergeaient comme lorsqu'ils étaient jeunes, tout était si clair, si lucide, si vrai qu'il avait la ferme conviction que cela survenait dans la réalité. L'expérience d'innombrables rêves et réveils passés s'insinuait dans sa conscience, il le disait à Adriana, fier d'un long passé onirique qui attestait son amour pour elle, la loyauté de sa mémoire : « Tu n'imagines pas toutes les fois où j'ai rêvé ce que nous vivons maintenant. Je rêve que je te revois et qu'avec toi je me libère, je me débarrasse de toute cette période où toi et moi n'avons plus eu de contacts, de tout ce que nous ne nous sommes pas confié. Dans mon rêve, je te dis qu'il y a eu des moments où je t'ai oubliée mais que je n'ai jamais cessé de rêver de toi. Je rêve que je te détaille les fois où je t'ai vue dans mon sommeil, et aussitôt je me demande si je rêve et je chasse cette pensée, non de crainte qu'elle soit vraie mais parce que je sais que c'est le cas, et même ainsi je ne veux pas me réveiller. Je résiste, j'implore ton aide, je voudrais que tu me dises que ni toi ni moi ne rêvons, j'essaie de me concentrer sur le fait que tout ce que je vois est réel, mais c'est peine perdue. La peur de me réveiller me fait sursauter, et dès que j'ouvre les yeux je me sens trompé, floué, je n'arrive pas à croire que quelques secondes plus tôt ce que j'ai vécu pleinement près de toi m'ait paru tellement vrai. »

Ce qu'il lui disait maintenant avec les mêmes mots, il le lui avait dit d'autres fois en rêve. Voilà pourquoi le son de sa propre voix lui faisait éprouver une sensation très inquiétante d'irréalité, d'être non pas dans un rêve mais dans un autre univers qui, sans être imaginaire, n'appartenait pas au monde réel ni à sa vie, celle qu'il avait menée toutes ces années, la vie en Amérique à présent dissipée ou laissée en suspens, le travail fébrile consistant à gérer de l'argent dans des proportions colossales, son mariage, ses enfants et ses petits-enfants, le réseau bien fourni de ses relations et de leurs influences, son appartement en haut d'un immeuble avec portier dans la partie la plus chic de l'Upper East Side, sa maison au bord de l'Hudson, où son violoncelle devait l'attendre dans son étui, posé contre un mur, près du chevalet où était restée ouverte la partition de la *Suite n° 1* de Bach, avec les minuscules annotations au crayon de Pau Casals : rien de tout cela, qui avait tant compté pour lui et qu'il voyait comme pétrifié dans l'attente de son retour, rien de tout cela ne lui faisait l'effet d'être à lui à cet instant, car sans lien avec Adriana Zuber et ce moment où il se tenait face à elle, étudiant avec un amour inconditionnel et la même curiosité dévorante les signes du temps, de la maladie et de la survivance de la jeune femme dont il avait été amoureux et à qui, en cette occasion sacrée, il avait le courage d'avouer ce qu'il ne lui avait jamais révélé aussi clairement dans la réalité, mais souvent dans des rêves favorables où elle le regardait sans méfiance et l'écoutait non seulement en faisant appel à l'ouïe mais aussi à la vision, comme lorsqu'on scrute les lèvres afin de déchiffrer des propos qu'on est incapable d'entendre. Il s'écoutait parler et décelait dans sa voix une assurance et une franchise qu'il n'avait jamais eues, une sorte d'intégrité dans la véritable expression de ce que son âme abritait, comme s'il s'était mis à parler avec fluidité une langue difficile, exotique, d'une richesse bien supérieure à celle qu'il pratiquait d'ordinaire.

Il ne cachait rien. Il ne dissimulait rien. Il s'adressait à elle sans la désinvolture théâtrale du parler américain, il ne mentait pas, n'exprimait rien qui ne soit logé dans les recoins les plus secrets et les plus vrais de son esprit. Il parlait sans penser à ce qu'il allait dire. Il ne se dérobait plus au regard d'Adriana Zuber car il n'y avait plus rien qu'il veuille dissimuler ou qu'il n'ose lui dire en adoptant les mots justes. Il n'avait plus honte de rien. Il n'était plus nécessaire de prendre des précautions. Il n'y avait rien dans ses propos qu'elle ne puisse comprendre sans la moindre incertitude. Il n'avait plus besoin de se cacher. Ce qu'il était et ce qu'il avait vraiment été, il ne pouvait le confier qu'à elle. En s'éloignant d'Adriana Zuber il s'était éloigné de lui-même et de ce qu'il y avait de meilleur en lui. Non qu'il l'ait trahie ou oubliée, mais loin d'elle il avait cessé d'être tel qu'il était ; il avait aboli la vie qu'il aurait dû mener, son identité qui ne se cristallisait qu'à son contact, grâce à son influence passionnée et lucide. Il n'avait pas fait semblant d'être un autre, d'apprendre à maîtriser l'histrionisme américain, d'avoir une vie complète sur un autre continent, un autre pays, une autre langue ; détaché d'elle, il avait simplement été une personne différente sans le dissimuler, de manière résolue, intoxiqué par les aiguillons de la vanité et de l'argent, la sensation de pouvoir, l'ivresse de l'ascension sociale. Il considérait la vie d'Adriana Zuber parallèle à la sienne, effacée brutalement quand ils avaient cessé de se voir, restituée d'abord dans la conversation de plusieurs heures qu'il avait eue avec sa fille à New York et complétée maintenant, dans l'incontestable réalité de la rencontre pourtant baignée d'une lumière semblable à celle des rêves, un lai de mousseline dans l'air. Il se revoyait enfant comme dans un album de photos, un garçon peureux sous la tutelle de son père, un élève modèle destiné à devenir ce que d'autres espéraient et décidaient pour lui, dans son dos, et qu'ils n'avaient pas besoin de formuler pour qu'il s'exécute.

« Ton père, dit Adriana, dont la moue sarcastique ressurgissait sous la forme d'une ébauche en partie due à la rigidité musculaire, tandis que dans ses yeux l'ironie demeurait intacte. Ton père, ta mère, ta sœur, ta sainte famille. Ils t'entouraient vraiment mais sans être présents. Ils te commandaient. Peut-être es-tu parti à des milliers de kilomètres parce que c'était la seule façon de te libérer d'eux.

– Ils n'avaient pas besoin de me commander. J'étais obéissant.

– Sais-tu ce que j'ai souvent pensé ? Que s'ils avaient manœuvré pour qu'on te donne ce travail en Californie, c'était pour t'éloigner de moi. Parfois ils me voyaient comme une menace, parfois comme si je n'existais pas.

– Tu t'étais mariée, ça ne leur semblait donc pas correct qu'on continue à se fréquenter.

– Non, ça remontait à plus loin. Dès le début, l'année du bac, quand ils nous ont vus jouer dans *Antoine et Cléopâtre*. Dès qu'on est sortis du conservatoire et qu'on a commencé à répéter ensemble dans ton salon. Je ne leur inspirais pas confiance. Ni à ton père ni à ta mère. Ils avaient peur que par ma faute tu ne te consacres pas assez à tes études, que tu te détournes de ta voie, que je te pervertisse. Pourtant personne n'était aussi innocent que moi.

– Si, moi je l'étais.

– Tu étais plus docile. Le fils modèle. L'aîné. Même ta sœur était à ton service. Ils ne lui ont pas permis de faire les études qu'elle voulait parce qu'ils investissaient toutes leurs économies dans tes doctorats à l'étranger. Je me souviens des photos de toi qu'il y avait dans votre appartement. Ta mère était fière de les montrer. Enfant, en pantalon court, tu avais déjà l'air d'un notaire. Tu ne t'en rendais pas compte, mais chez vous c'était irrespirable. En toute amabilité et sans prononcer un mot, ils savaient signifier aux autres qu'ils étaient différents. Vous bougiez comme si vous aviez peur de casser quelque chose. Vous baissiez la voix pour dire des banalités, comme si vous redoutiez la présence d'espions. Il suffisait que tu toussotes pour que tout le monde s'inquiète. Le prince héritier. Ils avaient peur que tu n'aies pas ta couronne ou que tu te laisses séduire par une pute qui te découragerait de la porter.

– Mes parents ont beaucoup souffert de la guerre.

– Tu vois ? Tu les défends, comme avant ! Ton père martyr, ses mains tremblantes, ses cheveux blancs à trente ans.

– Il se réveillait toutes les nuits en hurlant.

– Mon père et ma mère ont fui la Pologne par miracle. Mes quatre grands-parents, tous mes oncles et tantes et leurs enfants ont brûlé dans les fours. »

Il savait maintenant pourquoi il ne rêvait pas : dans ses rêves, Adriana Zuber parlait rarement, ou ce qu'elle disait n'était pas émis par sa voix, ou bien ses propos cotonneux se perdaient au réveil. Il pouvait invoquer sa voix, mais elle était aussi difficile à se remémorer que l'éclat de ses yeux. La plénitude de sa présence demeurait inaccessible à la mémoire. Gabriel Aristu songea avec tristesse aux limites du souvenir, en écoutant de nouveau, et en la reconnaissant, la musique limpide, la transparence de l'espagnol de Madrid dans la voix d'Adriana Zuber, pas le Madrid étranger d'aujourd'hui, mais celui de leur jeunesse.

« J'avais tout prévu pour que tu passes ta dernière nuit avec moi, mais tu n'as pas pu parce que tes parents et ta sœur t'avaient organisé un dîner d'adieu.

– Tu as oublié ? On a passé toute la nuit ensemble, ton mari était en voyage. Je suis parti d'ici au lever du jour. J'ai pris mes valises et je suis allé à l'aéroport. Je m'en souviens comme si j'y étais.

– C'est encore une fois un de tes rêves. Tu n'as pas dormi ici, tu as passé l'après-midi avec moi. Quand je t'ai demandé de rester tu ne m'as pas répondu, mais au fil des heures j'ai bien senti que tu n'étais pas vraiment là. Tu t'en défendais peut-être, pourtant tu étais déjà en route vers la Californie, et tu pensais probablement que tu arriverais en retard pour dîner avec tes parents.

– Je n'ai plus jamais vécu de nuit comme celle-là.

– Une après-midi. Quelques heures. Tu as sonné à ma porte à quatre heures et tu es reparti à neuf heures. Tu étais tellement pressé que tu ne t'es même pas douché. Quand tu t'es rapproché de tes parents pour les embrasser, tu devais être fortement imprégné de mon parfum et de l'odeur de tout ce qu'on avait fait.

– Je n'ai rien oublié.

– Bien sûr que si, tu as oublié. Celui qui s'en va est le premier à oublier. Tu es sorti par cette porte et tu as mis quarante-sept ans à revenir. Tu m'as envoyé une carte postale avec la photo d'un tramway à San Francisco. Un tramway, même pas le pont. Tu te rappelles qu'on avait vu le film de Hitchcock ensemble ? J'avais acheté la partition de la musique de Bernard Herrmann, que j'adorais jouer quand je recevais et que tu étais là. Ici même, dans ce salon, sur ce piano. Il y avait plus de monde et mon mari était là, mais toi et moi on savait que je ne jouais ces morceaux que pour toi. La carte postale du tramway, je l'ai conservée quelque part avec toutes tes lettres, celles que tu m'avais écrites avant. Je peux demander à Fanny d'aller la chercher.

Discrète, comme tout ce qui survenait dans cet appartement, Fanny apparut sur le pas de la porte, comme si prononcer son prénom avait suffi à la matérialiser. Sa patronne ne s'était pas tenue aussi droite et n'avait pas été aussi claire dans son discours depuis longtemps. Elle savait l'effort que cela représentait. Une boucle de cheveux blancs s'était échappée et tombait sur son front, conférant une touche juvénile à son visage. Après avoir entendu la voix monotone du visiteur, Fanny trouvait étrange de le revoir, à cause du décalage entre sa voix neutre et sombre et sa présence physique subtilement changée depuis qu'il était arrivé, affirmée et cependant démunie, anxieuse, pleine d'espoir, gênée, craintive, comme s'il était dans un lieu officiel où sa maîtrise de soi s'estompait peu à peu, comme dans la salle d'attente du cabinet d'un médecin, où l'incertitude l'emporte sur l'optimisme. L'homme était plus fort et visiblement en meilleure santé que sa patronne, plus indécis malgré sa cravate en soie, son mouchoir assorti à la pochette de sa veste, malgré ses boutons de manchette dorés qui ressortaient lorsqu'il agitait les mains maladroitement, d'une élégance excessive, incongru dans ce salon aux objets défraîchis, à cette heure de la matinée. À en juger par la manière dont Madame et lui se regardaient, ils donnaient l'impression d'être très proches l'un de l'autre, dans une pièce exiguë dont Fanny n'aurait pas osé franchir le seuil ni trop s'approcher. Et pourtant ils étaient chacun à sa place, Gabriel Aristu assis inconfortablement au bord de sa chaise, séparés par la table à thé, à distance, comme s'ils participaient à un événement officiel, soumis à une étiquette surannée et rigide qu'ils respectaient en vertu de leur sens instinctif des conventions.

Fanny et sa patronne se comprenaient par gestes, par des regards rapides. Entre elles les mots étaient un moyen de communication accessoire. Fanny débarrassa le plateau chargé du service à thé sans un bruit, accentuant le silence dans lequel Madame et le visiteur étaient retombés, brisé par les bruits de la rue, la réalité du monde extérieur en fin de matinée, il était bientôt midi en ce début de juin, de l'autre côté des volets et des rideaux entrouverts, un monde de plus en plus lointain pour Adriana Zuber, qui s'y montrait à peine et uniquement pour passer d'inévitables examens médicaux, acceptant alors la vexation d'être portée comme un poids mort par Fanny et le concierge pour parcourir la courte distance entre l'ascenseur et la rue, y compris les trois marches du perron, autrefois invisibles et désormais de plus en plus impraticables quand il fallait les descendre. Au début de la maladie, lorsqu'elle pouvait encore se déplacer à l'aide d'un déambulateur, elle faisait de brèves promenades sur le trottoir, jusqu'à l'angle de la rue Velázquez, le matin, par beau temps, à l'ombre des acacias. Elle regrettait amèrement ses flâneries dans le parc du Retiro, ses marches énergiques à travers la ville, des excursions qui duraient parfois plusieurs heures et lui offraient des perspectives dégagées de Madrid, le panorama du jardin des Vistillas et du cours de Rosales. Elle avait visité chaque centimètre du quartier de Salamanca, où ses parents s'étaient installés en arrivant dans la cité, à l'époque de sa petite enfance, dont elle n'avait plus guère de souvenirs. Elle avait aimé les commerces du quartier, les crèmeries, les merceries, les quincailleries, les garages automobiles et leurs odeurs pénétrantes d'essence, de cambouis et de pneus. Lorsqu'elle avait commencé à fréquenter Aristu, c'était elle qui lui avait fait découvrir les bars, les ensembles de maisons cachés, des déblais d'un Madrid aux limites encore visibles, des coins de rue éclairés la nuit aux confins de la ville, des friches où s'amoncelaient les ruines de la guerre. Né à Madrid, Gabriel ne semblait pas s'y être intéressé. Il vaquait çà et là à ses tâches et à ses obligations, un dossier contenant ses notes ou ses partitions sous le bras, étranger à la beauté quotidienne des lieux, concentré sur ses études et la beauté abstraite de la littérature et de la musique. « Tu m'as ouvert les yeux », disait-il à Adriana d'un ton admiratif si débordant de reconnaissance qu'il en devenait puéril. Lorsqu'il commença à voyager hors des frontières de l'Espagne, il prêtait attention aux choses en tâchant de les voir telles qu'Adriana les aurait vues, et dans les lettres qu'il lui envoyait, il cherchait l'inspiration en imaginant ce qu'elle aurait plaisir à lire.

Mais maintenant elle ne voulait plus mettre un pied dehors et cela ne lui manquait pas. La ville était bruyante, violente. Quand elle pouvait encore se débrouiller et qu'elle sortait, seule ou au bras de Fanny, elle redoutait de se faire renverser, de heurter l'un de ces êtres énergiques, hommes ou femmes, qui marchaient en ligne droite sur les trottoirs comme s'ils chevauchaient, guidés par un implacable pilote automatique, tout en parlant et en gesticulant, leur téléphone collé à l'oreille ou, pire, munis de micros invisibles qui leur permettaient de s'exprimer à voix haute et d'agiter les mains, pareils aux fous d'un autre âge qui s'adressaient à des adversaires inexistants. Son entrée dans la vieillesse s'était manifestée par la peur de trébucher et de tomber, de rater la dernière marche d'un escalier, d'être percutée par un passant plus rapide qu'elle. Elle avait cessé de demander à Fanny de l'installer près du balcon. Elle préférait tourner le dos à la rue, comme à présent, et tout entendre de loin sans rien voir, croyant percevoir le bruit des vagues, comme un malade ou un invalide dans un hôpital au bord de la mer, anticipant sans aucun sentimentalisme les phases suivantes et déjà imminentes de la maladie, sur laquelle elle se renseignait contre l'avis de son médecin et de sa fille, échappant à la vigilance silencieuse de Fanny, qui profitait de ses occupations pour examiner à la dérobée l'écran de l'iPad de sa patronne, qu'elle semonçait avec bienveillance et une douceur toujours égale : « Madame, ne croyez pas que je n'ai rien remarqué et que je ne sais pas ce que vous lisez. Si j'en parle à Mademoiselle Adriana, elle se fâchera. »

Après avoir récupéré le plateau, par réflexe, elle regarda l'écran éteint sur son support, puis les mains entrelacées de sa patronne, qui ne tremblaient quasiment plus, embellies par le vernis à ongles rouge et la brillance de la pierre d'un bleu nébuleux qu'elle avait choisie au terme de nombreuses délibérations dans la matinée, peu avant que le visiteur frappe à la porte, lorsqu'elle s'était aperçue qu'elle ne portait pas de bague. Elle n'était plus assez habile pour les passer toute seule, et ses doigts étaient si déformés et si enflés que Fanny avait beau procéder avec délicatesse, il lui était difficile de les lui retirer sans lui faire mal.

« Tes mains, dit le visiteur en oubliant que Fanny était là. Elles étaient vraiment gravées dans ma mémoire. Tes ongles courts. Tes doigts si fins. Des os d'oiseau, disais-tu. Je voulais les serrer et j'avais l'impression qu'ils allaient se briser. Ils étaient toujours glacés. Tu te souviens du froid qu'il faisait dans les immenses salles de cinéma ? Tu glissais tes mains dans les miennes pour les réchauffer. »

Même s'il n'élevait toujours pas le ton, sa voix s'était teintée d'une véhémence nouvelle. Fanny passa discrètement à côté de lui, sa patronne la suivit des yeux, mais le visiteur ne la voyait pas ou ne remarquait pas sa présence. Dans un premier temps, peu après avoir franchi la porte, il avait semblé perturbé par Fanny, gêné par sa proximité, nerveux, tendu, s'alarmant de tout, affecté de tics consistant à tirer sur les poignets de sa chemise, à tripoter ses boutons de manchette en or ou son nœud de cravate, à pincer pour le détendre le tissu de son pantalon au niveau des genoux, à observer ses mains, à consulter furtivement sa montre, aussi précieuse que ses boutons de manchette ou ses chaussures cousues main. Mais peu à peu, à mesure que les minutes s'écoulaient, les deux voix qui couvraient les rumeurs de la rue étaient devenues plus régulières et un changement, ou plutôt une succession d'ajustements subtils s'était opérée chez le visiteur, dont les pieds se posaient avec davantage d'assurance sur le parquet et les yeux ne se détournaient pas un seul instant de sa patronne, cherchant son regard au lieu de l'éviter. Plus rien chez lui n'évoquait à Fanny les hommes d'un certain âge auxquels elle avait été subordonnée toute sa vie, dans plusieurs pays, qui incarnaient l'autorité, autant par leur physique que parce qu'ils sentaient le cuir, certains parfums, très souvent le tabac et le whisky. Maintenant son corps se positionnait différemment, elle y décelait une pointe de vulnérabilité et d'abandon dans une inquiétude douloureuse détachée de tout ce qui n'était pas lié à sa patronne, elle aussi troublée, moins que lui, certes, mais elle avait retrouvé sa coquetterie, cela sautait aux yeux, et une contenance qui lui coûtait, manifeste dans les signes de fatigue que Fanny discernait, contrairement au visiteur, qui ne possédait pas son expérience et avait une façon de la regarder et de s'adresser à elle sans réellement sortir de son abstraction, sans doute aussi par timidité. Par instants il paraissait parler à part soi et non à elle, perdu dans ses souvenirs lointains. On aurait dit deux vieux amis penchés sur un album de photos. Mais ces images le happaient au point de lui faire oublier qu'il n'était pas seul à les contempler. Derrière la porte entrebâillée, Fanny entendait la voix de Madame.

« Tu m'aimais tant et tu n'as jamais essayé de me conquérir, comme on disait à l'époque. Ça te suffisait peut-être, et puisque tu n'avais pas beaucoup d'imagination, tu tenais pour acquis que je t'aimais moi aussi. Mais tu ne voulais pas causer de tort à ta famille, alors tout bien considéré, tu ne m'aimais pas comme tu le pensais, ou tu n'étais pas amoureux de la femme que j'étais, non. Tu étais amoureux de ton amour pour moi. »

Ces mots, elle les prononça plus tard, peu avant qu'un autre silence s'installe, si long que Fanny s'approcha doucement afin de s'assurer que rien n'était survenu et que Madame n'avait pas besoin de repos. Le visiteur s'était levé. Un téléphone vibrait avec insistance, probablement le sien, mais il faisait mine de ne pas l'entendre. « Tu as un appel », lui lança Madame d'une voix lasse, agacée. Sur un signe d'elle, Fanny expliquerait à l'homme qu'il était temps de partir. Décontenancé, Aristu observa l'appareil comme s'il s'agissait d'un objet bizarre et s'éloigna dans le couloir en esquissant un geste d'excuse. Il parlait bas, en anglais, d'un ton neutre, de courtes phrases entrecoupées de pauses. C'était peut-être une conversation ayant trait à ses affaires. Hors de son champ de vision, Madame avait laissé son menton s'affaisser sur sa poitrine, comme lorsque Fanny entrait et la trouvait si égarée qu'elle n'avait pas conscience de sa présence. Le visiteur revint. Avant de ranger son portable il vérifia qu'il l'avait bien éteint. À travers les rideaux filtrait la clarté grise de la rue, qui ne donnait aucun indice de l'heure. Il pouvait être dix heures ou la fin de l'après-midi. Le visiteur avait approché sa chaise du fauteuil de sa patronne.

« De toute ma vie je n'ai jamais aimé quelqu'un autant que toi. Je t'ai aimé très maladroitement, c'est pour ça que je t'ai perdue. Je t'ai aimée dès que nous nous sommes vus pour la première fois, à ce cours de théâtre, au lycée. Personne ne m'a bouleversé comme tu l'as fait. Il n'y avait rien en toi qui ne me plaise pas. J'aimais tes tenues, tes bas et les chaussettes que tu enfilais par-dessus quand il faisait très froid, j'aimais tes gants en laine et tes cheveux roux, les rubans avec lesquels tu les attachais, les bonnets que tu portais en hiver. Tout ce que tu avais, tout ce que tu disais était une raison supplémentaire de t'aimer. J'étais triste de ne pas avoir d'amis, puis je t'ai rencontrée et je n'ai plus eu besoin d'autres amitiés. J'aimais la forme de tes sourcils, j'aimais tes mains, tes ongles et la façon dont tu mordillais ton crayon en écoutant une explication en cours. Tout en toi alimentait mon amour. Un jour, on s'est dit au revoir, je suis monté dans le tramway et tu t'es mise à courir sur le trottoir pour ne pas rester en arrière. Le vent te fouettait le visage et soulevait tes cheveux en dégageant ton front. Je ne m'étais encore jamais intéressé à la forme de ton front caché par tes cheveux. Je t'ai encore plus aimée parce que ce front inattendu, c'était le tien. Je l'ai revu chez ta fille, lorsque nous nous sommes donné rendez-vous à New York. Le vent a balayé ses cheveux et je t'ai revue ce jour-là, à Madrid. Je t'ai oubliée mais tu continuais à m'apparaître en rêve. J'ai rêvé de toi dans les hôtels de la moitié des villes de la planète. À l'insu de tous tu étais avec moi, dans ma chambre à New York. J'ai fait un de mes plus beaux rêves en vol, de Washington à Buenos Aires, un voyage horrible pour le compte de la Banque interaméricaine. J'avais un tas de choses à régler, des réunions impitoyables m'attendaient, et je me suis endormi sur ma tablette couverte de papiers, mon téléphone allumé. C'était non seulement un de mes plus beaux rêves mais un des plus beaux moments de ma vie, parce que je l'ai vécu comme s'il était réel. Nous étions tous les deux, je crois, ici, mais je n'en suis pas certain. C'était cette fameuse nuit et des années plus tard. Tu portais une robe rouge et l'instant d'après tu étais nue, une nudité accentuée par le contraste entre le rouge et ta peau, qui paraissait plus claire. J'avais l'impression d'être dans le présent tout en faisant remonter ces images de ma mémoire, avec un foisonnement de détails qui n'existe pas dans les souvenirs.

– Dis-moi comment c'était, dit la voix d'Adriana Zuber derrière la porte entrouverte.

– Tu me guidais, tu oscillais imperceptiblement de chaque côté, tu m'obligeais à ne plus bouger, à aller plus lentement, plus doucement, plus vite, plus doucement. Tu me regardais droit dans les yeux, les tiens étaient écarquillés. Tu t'ouvrais à l'aide de tes mains. Tu étais…

– Quoi ?

– Je n'arrive pas à le dire en espagnol, ça me gêne. *You were coming.*

– Et ensuite ?

– Je ne savais plus qui nous étions ni toi ni moi, où nous commencions et où nous prenions fin. *I was about to come too.*

– Tu allais jouir.

– Une explosion de joie s'apprêtait à déferler sur moi, une avalanche, une vague qui nous emportait tous les deux. Ton visage resplendissait, c'était incroyable.

– Dans ton rêve ou dans ton souvenir ?

– Les barreaux du lit grinçaient et le lit bougeait beaucoup, comme si nous étions sur le point de tomber enlacés. Tout l'appartement tremblait. Tu te serrais contre moi et nous étions morts de peur, mais on s'en fichait, on se moquait de mourir tous les deux. »

La femme jeune, épargnée par la maladie, non usée par l'amertume des années, le regardait à travers les yeux d'Adriana Zuber.

« Des turbulences ont fini par me réveiller. Mon portable et mes papiers sont tombés par terre, et pendant que je les ramassais j'essayais de ne pas oublier le rêve. Mais si l'avion n'avait pas été secoué, je n'aurais sans doute pas eu conscience d'avoir rêvé. J'ai une longue expérience en la matière et cela m'attriste de penser à tous les rêves où j'ai été à tes côtés et dont je ne me souviens pas. Celui-là, je me suis dépêché de l'écrire pour ne pas le perdre, avec difficulté du fait des turbulences, d'une écriture qui s'est révélée ensuite indéchiffrable. Les rêves nous laissent des souvenirs si fragiles qu'il faut s'efforcer de les conserver. Après, à Buenos Aires, pendant ces réunions avec des membres du gouvernement et des cadres de la banque centrale, dans ce pays qui s'effondrait, je recréais ce rêve.

– Et tu ne te demandais pas ce que je faisais, moi ? Tu n'as pas eu envie de me téléphoner ou de m'écrire ?

– J'avais quitté l'Espagne depuis longtemps, je n'avais plus de nouvelles de toi, alors à mon sens tu ne vivais pas dans la même réalité, dans la réalité du monde. C'est bizarre de le formuler aujourd'hui, mais tu n'étais pas dans le même univers que moi, celui de ma femme, de mes enfants, de mon travail et de ma vie. J'étais devenu un Américain. Je passais des mois sans parler ni penser en espagnol, sans aucune connexion avec l'Espagne. Je rêvais même en anglais. J'avais oublié comment étaient mon père et ma mère. Quant à ma sœur, c'était une ombre. Mes parents avaient disparu de ma vie bien avant de mourir. Après leur mort ils sont réapparus dans des rêves déchirants. Tu étais la seule à revenir vraiment. Tu arrivais sans crier gare, sans que j'aie besoin de t'évoquer et sans que t'affecte ma détermination à oublier pour me concentrer sur mon assimilation dans ce pays, à laquelle j'ai consacré de nombreuses années sans savoir qu'au fond, c'était inutile. Plus on passe de temps dans ce pays, mieux on le connaît, plus il devient singulier. J'ignorais que je n'apprenais pas à être un Américain mais un étranger, à tel point que maintenant j'en suis non seulement un aux États-Unis, mais encore plus en Espagne. »

Il avait ressenti cette distance plus que jamais après avoir atterri de Genève la veille, lorsqu'il avait regardé par la fenêtre du taxi les terrains vagues arides à la périphérie de Madrid, la ville lui paraissant encore plus étrange parce qu'il était arrivé à la nuit tombée et qu'il n'avait prévenu personne, hormis Adriana Zuber, et aussi Julio Máiquez, il avait failli l'oublier, qui vivait là désormais, un homme qu'il avait fréquenté des années sans que leur relation s'engage dans une véritable amitié, et à qui il n'avait jamais donné rendez-vous en Espagne. Il n'avait pas dit à sa sœur qu'il venait. À Constance non plus, pourtant elle n'aurait rien trouvé à redire à ce séjour. Ces cachotteries lui faisaient éprouver une sorte de culpabilité anticipée, comme s'il s'apprêtait à commettre un adultère, et cela renforçait l'étrangeté de sa présence solitaire à Madrid : il avait l'impression d'être un fantôme, un espion, un fantôme et un espion qui avait montré son passeport américain pour s'identifier à l'aéroport et à l'hôtel, où sans y prendre garde il s'était adressé en anglais au réceptionniste. Il posa sa valise légère sur le lit et resta un moment assis devant la fenêtre, toutes lumières éteintes, incertain de la réalité de ce moment de sa vie où aucun des siens ne pouvait savoir où il était. Il appela Constance, mais elle ne décrocha pas. Il lui laissa un message en lui parlant du silence surnaturel de Genève, un demi-mensonge puisqu'il l'avait expérimenté en se promenant au bord du lac dans la matinée, hypnotisé par la brume sur le miroir de l'eau. Dans sa chambre il n'y avait pas d'autre clarté que celle de son portable, une pénombre qui le protégeait, abritait son secret. Il avala sa salive avant de composer avec maladresse le numéro que lui avait indiqué la fille d'Adriana. Il avait souvent été pris d'une angoisse similaire en lui téléphonant à un autre numéro qui n'existait plus, mais qu'il connaissait toujours par cœur. La voix qui lui répondit n'était pas celle d'Adriana Zuber. Elle n'était peut-être pas en condition de soutenir le combiné. C'était une voix féminine et délicate d'Amérique latine, équatorienne ou péruvienne. Autrefois, en Espagne, on n'entendait pas ces inflexions mais uniquement la rudesse de l'espagnol péninsulaire, la langue qu'il parlait comme s'il n'avait jamais quitté le pays.

La voix voulut savoir qui était à l'appareil, lui expliqua poliment qu'à cet instant, Madame ne pouvait pas prendre la communication. Il se fit confirmer le rendez-vous le lendemain matin, mardi, à dix heures, et sortit dans la ville. Il était tard, il n'y avait guère de monde. Après le dîner d'une abondance propre à la Suisse qu'il avait englouti dans l'avion, il n'avait plus faim. Cette ville était aussi abstraite que les cités où l'on s'égare en rêve. On sait qu'on est à Madrid, à Genève ou à Buenos Aires, mais aucune particularité objective ne vient le confirmer. Sur les trottoirs du quartier de Salamanca, Gabriel Aristu croisait des personnes qui lui paraissaient étrangères et le dépassaient sans lui prêter attention. Il s'arrêta à un angle, dans une rue droite et étroite dont il ne put lire le nom, la plaque étant dissimulée par la frondaison d'un arbre. Mais il savait où il se trouvait comme on sait, une fois encore, certaines choses en rêve. Il s'était arrêté devant une porte en fer filigrané, à côté d'un restaurant d'aspect tropical aux dimensions démesurées, avec des palmiers dans de grands pots, un papier peint aux oiseaux exotiques, une décoration et une immensité qu'il avait du mal à associer à Madrid. Des serveurs débarrassaient les tables et éteignaient les lumières. Le voyage et le changement de ville avaient bouleversé sa notion de l'espace et du temps. Il leva les yeux, et au-dessus des baies vitrées du restaurant il reconnut l'immeuble où vivait Adriana Zuber. Quelques fenêtres étaient allumées à différents étages, mais il n'était pas sûr que ce soit celles de son appartement. Il aurait pu l'appeler, ne pas attendre le lendemain. Il aurait ainsi évité des heures d'insomnie passées sur son lit, sans retirer ses vêtements ni même ses chaussures, sans ouvrir sa valise, s'appliquant uniquement à patienter, concentré sur l'attente, comme un espion près d'un téléphone qui risque de sonner d'un moment à l'autre ou de ne pas sonner. Il s'endormit au point du jour, se réveilla en sursaut sans se rappeler aucun rêve ni savoir où il était, craignant d'être en retard et d'avoir perdu à jamais l'occasion de revoir Adriana Zuber.

« J'avais peur de mourir sans t'avoir raconté tout ce que je t'ai dit en rêve, sans que tu saches combien tu as été présente dans ma vie. Je prenais des décisions dont je n'étais pas sûr, je me demandais si tu les aurais approuvées. Je renonçais à faire certaines choses parce que j'étais persuadé que tu ne les aurais pas appréciées. Je regardais un film, je lisais un livre ou je m'enthousiasmais pendant un concert, et j'essayais de deviner si tu les aurais aimés ou non. Quand j'ai été proche de la retraite, j'ai aménagé mon bureau en m'imaginant que tu pouvais le voir. Je m'entendais te dire : "Ça y est, je fais ce que tu voulais, je me consacre uniquement à la musique." »

Il regarda ses mains, les écarta en signe de capitulation ou d'excuse.

« Je crois que c'est trop tard. Je n'ai jamais cessé de jouer, avec plus ou moins de régularité, mais ce n'était pas assez et mes mains ne sont plus comme avant. Mes doigts ont perdu une grande partie de leur mémoire.

– Les miens ne se rappellent plus rien. Mes jambes ne savent plus comment s'activer. Elles ont d'abord oublié comment mettre un pied devant l'autre. Chaque jour quelque chose s'efface. Moi, en revanche, je me souviens de tout avec de nombreux détails, ce qui n'est pas le cas de mes membres ni de ma langue. Je me souviens des mots, le problème c'est que très souvent j'ignore comment les prononcer. D'ici peu ma langue oubliera comment parler et mes poumons comment respirer. Malheureusement, mon cœur mettra plus de temps à oublier de battre.

– Ta fille me l'a expliqué. Elle m'a dit que les médecins s'étonnent de ta force. Ils n'ont jamais vu une volonté telle que la tienne. »

Elle l'observait en silence. La lumière douce de la fenêtre éclairait sa peau ferme, la forme intacte de ses pommettes. Elle attendit un peu avant de reprendre la parole. Aristu remarqua la façon délibérée dont les mots se dessinaient sur ses lèvres fardées d'un rouge que le contraste entre la blancheur lisse de son épiderme et l'éclat de ses yeux rendait plus violent.

« Je ne voulais pas qu'elle naisse. J'aurais voulu que ce soit ta fille, ça oui. Après ton départ, après "cette fameuse nuit", j'ai eu beaucoup de retard dans mes règles. J'avais envie qu'elles n'arrivent pas. Je voulais être enceinte de toi. Je pensais ne le dire à personne, pas même à toi. Je savais bien que c'était la dernière chose que tu aurais désirée à cette période de ta vie. Peu m'importait que l'autre croie que ce garçon ou cette fille était le sien, ou bien qu'il fasse des calculs et se rende compte que c'était impossible. Je voulais un enfant de toi et je le voulais pour moi seule, je refusais que le reste du monde soit au courant. Je guettais les symptômes, les vertiges, les nausées du matin. J'étais convaincue que notre enfant secret vivait déjà en moi malgré ton absence. J'ai eu une belle déconvenue quand j'ai enfin eu mes règles.

– J'y ai pensé quand j'ai rencontré ta fille. C'était ridicule, mais cette idée m'a traversé l'esprit.

– Attends. Ne dis rien. Je ne t'ai pas encore tout dit. Ma vie avec l'autre était de pire en pire. Un supplice au quotidien. Il faisait comme si je n'existais pas mais il était jaloux de tout. Même de toi alors que tu étais parti depuis longtemps. Nous n'avions plus de rapports sexuels. Un soir, nous sommes rentrés d'un dîner où j'avais trop bu. Dans la voiture, je lui ai dit qu'il devait me laisser tranquille, que je ne voulais plus vivre avec lui. N'ayant pas l'habitude de boire j'étais vraiment ivre, mais parfaitement consciente de mes propos. Je lui ai demandé de s'arrêter pour que je descende immédiatement, j'ai ajouté que s'il ne le faisait pas, je sauterais en marche. Je me rappelle qu'ensuite, à la maison, j'ai commencé à me déshabiller, mais tout tournait autour de moi. Je me suis empêtrée dans mes bas ou j'ai trébuché contre mes chaussures à talons et je suis tombée sur le lit. Il s'est jeté sur moi, j'étais tellement soûle que je ne me rendais pas compte de ce qui se passait, je voulais qu'il dégage, je lui ai donné des coups de poing, j'ai enfoncé mes ongles dans sa peau. Il s'est écarté, puis ç'a été un trou noir, j'ai perdu connaissance. J'étais déjà à demi-dévêtue, étendue sur la courtepointe, mais quand je me suis réveillée j'étais nue et sous les draps. Je pensais m'être endormie un moment, mais en consultant l'heure j'ai constaté qu'il était trois heures de l'après-midi. Ma tête explosait. J'avais un goût âcre dans la bouche. Il est entré dans la chambre avec un café et de l'aspirine en m'annonçant gaiement que j'en avais besoin. On aurait dit un autre homme. Il m'a embrassée et il n'a plus jamais reparlé de cette soirée. Moi je me souvenais de ce que je lui avais dit, de notre dispute dans la voiture, de notre arrivée ici, mais de rien d'autre. »

Sur le pas de la porte, Fanny constata que sa patronne avait le souffle court. Son menton s'était affaissé sur sa poitrine, puis elle avala sa salive et poursuivit. À aucun moment elle n'avait détaché ses yeux du visiteur.

« Et cette fois-là je n'ai pas été réglée. Je ne voulais pas que cette créature continue à grandir dans mon ventre, je ne voulais pas qu'il en tire de la fierté, que son enfant me lie davantage à lui. Je voulais avorter. J'ai fait tout ce que j'ai pu mais ça n'a pas été possible. Ce n'était pas simple à l'époque. Je n'avais personne pour m'aider. Toi tu avais cessé de m'écrire. Que tu ne saches pas ce qui m'arrivait était le plus triste de toute l'histoire. Tu étais dans ta Californie adorée et moi dans le Madrid de la Sainte Inquisition. Mon plus grand désir, celui auquel j'aspirais avec force et avec rage, c'était que ma fille ne voie pas le jour, mais ça, je ne pourrai jamais le lui avouer. Elle ne saura jamais rien de cette nuit atroce ni comment elle a été conçue. J'y pense souvent quand je la regarde, si détachée de son origine, de cet effroyable événement. Je ne voulais pas qu'elle naisse, et pourtant elle est tout ce que j'ai eu de bon dans la vie. »

Le silence qui s'installa alors fut beaucoup plus long que les précédents. Aucune des deux voix ne résonnait dans la pièce. On aurait dit que le temps était suspendu. Fanny entendit le bruit d'une chaise tirée sur le parquet. Le visiteur s'était rapproché de sa patronne et se penchait vers elle, gauche, peut-être intimidé. Il tendit une main comme s'il doutait qu'elle tolère son geste. Fanny décela le mouvement de recul de Madame, ainsi qu'elle le faisait pour échapper à tout contact humain qui n'était ni le sien, ni celui de sa fille. L'auxiliaire n'aurait pas dû continuer à les observer, mais elle ne se résolvait pas à s'éloigner de cet endroit d'où ni le visiteur ni sa patronne ne remarquaient sa présence. Ils ne voyaient rien qui ne soit pas eux-mêmes. Madame retira ses mains, comme si elle voulait les cacher, mais l'homme au visage sévère les toucha, d'abord avec réserve, avant de les serrer dans les siennes. Ce fut la mémoire de ses mains et non un souvenir conscient qui identifia immédiatement les mains d'Adriana Zuber malgré leur rigidité, le gonflement de ses articulations durcies : c'était bien ses mains toujours un peu froides qu'il avait entre les siennes si chaudes, les mains enfantines aux ongles courts et aux doigts fins, les paumes que ses deux mains masculines englobaient largement en les pressant tout en se contenant de peur de les meurtrir. La seule différence, c'est que ces mains désormais inertes ne répondaient pas à la caresse et ne semblaient pas se réchauffer à son contact. Le toucher lui révélait ce que son regard n'avait pas su voir : il y avait dans son corps quelque chose d'inanimé qui la rendait inaccessible à sa proximité et à son désir renouvelé, vigoureux et secret, qui rendait d'autant plus troublant, plus vrai ou plus trompeur l'éclat humide de ses yeux resplendissants, insensibles à la décrépitude, à la captivité de la paralysie.

Face à elle si proche, il sentait l'odeur de ses cheveux et de son rouge à lèvres, son haleine tiède et pure, qu'il avait respirée avec étonnement la première fois qu'il l'avait embrassée dans un cinéma lointain de Madrid, et son regard l'ensorcelait, l'enivrait, pénétrait sa conscience en lui abandonnant sans retenue toute son âme, toute l'expérience de sa vie, tout son amour, son désir et sa désillusion, toute la solitude et la douleur qu'elle avait connues, toute sa propension à la ferveur, à la joie audacieuse, à la tendresse et à l'insolence sexuelle. Elle était redevenue la jeune femme qu'il fréquentait adolescent, la personne quasi inconnue dont il était resté sans nouvelles depuis 1967 et qu'il commençait à aimer de nouveau, à mesure qu'il découvrait ce qu'elle avait vécu pendant ces longues années. Elle était l'amour de sa vie.

Il avança ses lèvres vers celles d'Adriana, qui étaient rêches malgré le rouge, mais elle l'esquiva. Il mit du temps à se rendre compte qu'elle lui parlait à l'oreille, et à cause du bruit de sa respiration, le sens de ses paroles lui échappa un moment. Il eut peur qu'elle lui ait dit sans qu'il l'entende quelque chose d'essentiel, comme cela lui était déjà arrivé en rêve.

« Aide-moi, aide-moi, répétait-elle sans qu'il comprenne.

– T'aider à quoi ?

– Aide-moi à mourir. Il n'y a que toi qui puisses le faire. »

IV

« Voilà. Maintenant tu sais pourquoi je ne suis pas venu déjeuner avec toi ce jour-là à Madrid. »

Gabriel Aristu garda le silence. Après qu'il eut tant parlé de sa voix monotone, on aurait dit que ses mots, au lieu de se dissiper à mesure qu'il les prononçait, flottaient dans l'air comme des effilochures de brouillard statique au-dessus de la terre automnale et de la forêt qui s'étendaient de l'autre côté de la fenêtre, vers la berge du fleuve. Il regardait de mon côté mais ne me voyait pas. En quelques mois il avait beaucoup vieilli. Il s'exprimait d'un ton circonspect, graduellement plus bas, cherchant peut-être à éviter qu'on nous entende, s'interrompant par instants pour évoquer des souvenirs ou prêter attention aux bruits environnants, ceux qui provenaient de l'intérieur de la maison ou montaient du jardin, d'où s'étaient élevés les coups secs d'une hache sur du bois et le ronronnement du moteur d'une voiture qui s'éloignait. Les autres invités devaient arriver un moment plus tard. Les coups de hache avaient résonné dans un vaste silence et l'air froid de la fin de l'automne, chargé d'une odeur de fumée et de feuilles mortes se décomposant au sol dans les profondeurs de la forêt, le long des sentiers boueux. Dans la maison les pas claquaient sur les lattes en chêne massif, un plancher issu de la forêt voisine, coupé deux siècles auparavant, poli par le passage de nombreuses générations et par les femmes en coiffes blanches qui astiquaient le sol de leurs mains rougies. Derrière la grande baie vitrée du bureau on distinguait les collines couvertes d'arbres jusqu'à la ligne d'horizon, sur l'autre rive de l'Hudson. Les teintes automnales s'étaient prolongées, encore visibles deux ou trois jours plus tôt. L'eau du fleuve descendait, encombrée de feuilles jaunes, ocres, rouges. À présent le paysage de terre durcie par les premières gelées, de troncs et de branches nues arborait plutôt les tons mats du lichen, de la rouille, un gris cendre hivernal. Je songeais aux forêts de Virginie l'hiver de mon arrivée aux États-Unis. Les bruits ambiants révélaient des couches successives et distantes dans la tranquillité de l'après-midi : le martèlement des piverts, les tirs des chasseurs, le sifflement d'un train qui suivait la courbe du fleuve, là où les voies se dressaient sur des pylônes en fer plantés dans une zone marécageuse, les roselières que le vent inclinait dans la même direction que les frémissements de l'eau d'un bleu glacial. Des nuées d'oies traversaient le ciel et volaient en formation vers le sud.

« Pourvu qu'il fasse très froid cet hiver et qu'il y ait de la vraie neige », m'avait confié Aristu dans la matinée, pendant que nous revenions de la gare, où il m'avait retrouvé sur le quai, bien équipé contre les frimas dans une veste épaisse au col en peau de mouton et de grosses chaussures boueuses. Au cours de sa première inspection, limitée à un simple coup d'œil alors que je descendais du train, il avait remarqué combien j'étais mal équipé dans mon manteau de ville trop fin et mes souliers qui se saliraient sur les chemins. Son visage espagnol demeurait inaltérable, encadré par sa toque et sa veste aux revers laineux. J'avais pris un bagage léger car je ne restais qu'une nuit. Constance serait enchantée de me voir, affirma-t-il. En fin d'après-midi arriverait un groupe d'amis qui possédaient des maisons de campagne dans la région, des couples de New-Yorkais avec qui ils avaient l'habitude de dîner, d'organiser des discussions ou des clubs de lecture, parfois des concerts, de petits orchestres de chambre. Il n'osait presque plus jouer devant un public, se décourageait parfois avant même de s'installer derrière son violoncelle pourtant toujours prêt dans son bureau, sur son support face au pupitre et à la baie donnant sur le fleuve et les forêts, les collines et les montagnes bleues qui s'étendaient jusqu'au Canada et, au-delà, jusqu'au cercle polaire arctique, d'où soufflaient en ligne droite les pires vents frigorifiants de janvier et de février, qui transformaient l'Hudson en une lente procession de plaques et de blocs de glace, « du marbre morcelé, des ruines de temples ».

Dans un coin de la pièce trônait un énorme poêle en fer, et sur une étagère en bois brut Aristu avait disposé les livres dont il ne se séparait jamais, ceux qu'il lisait et relisait depuis sa plus tendre jeunesse, ceux qu'il avait conservés pour s'y consacrer corps et âme lorsqu'il aurait le loisir de s'adonner à la lecture autant d'heures et de jours qu'il le souhaiterait, l'Himalaya des chefs-d'œuvre : Proust, Cervantès, Tolstoï, Benito Pérez Galdós, George Eliot, Henry James, Shakespeare, *Moby Dick*, Montaigne, tout Balzac, tout Flaubert, les six gros volumes de *Decline and Fall* d'Edward Gibbon, et à côté, d'autres auteurs grecs et latins édités dans les austères collections bilingues de Cambridge. Maintenant qu'il pouvait enfin lire ce qu'il voulait, l'abondance de livres, leur disponibilité infinie, le fait prodigieux que tant de trésors admirables aient été écrits l'étourdissaient et le décourageaient. Une chaîne Hi-Fi dont les enceintes avaient été installées par un expert en acoustique était disposée contre le mur ainsi que sa collection de disques, un peu plus nombreux que les livres, mais pas tellement. Il y avait également un piano droit, et j'eus le temps de lire le titre de la partition au-dessus du clavier : *Préludes*, de Claude Debussy. Des photos étaient punaisées aux murs, celles de sa vie américaine en couleurs, celles de son passé espagnol, plus lointain, en noir et blanc : Aristu et son père debout de chaque côté de Pau Casals, le fils portait une veste, une cravate et un pantalon court, Casals un gilet et des espadrilles ; son père jeune à la Residencia de Estudiantes, en compagnie de García Lorca et de Gerardo Diego devant un piano à queue ; son père au visage encore plein de fraîcheur mais ayant déjà des cheveux blancs sous la rotonde de l'hôtel Palace, à Madrid, avec Igor Stravinski, qui était minuscule ; son père et sa mère revêtus de longs manteaux, qui regardaient en souriant un bébé coiffé d'un bonnet blanc dans un landau.

Il avait passé des années à concevoir chaque détail de cet espace, dressé des listes successives et de plus en plus réduites de livres et de disques, calculé avec une impatience grandissante le temps qui lui restait avant la retraite. Quand le cancer s'était déclaré, la pièce était presque entièrement équipée. Il continua d'améliorer ce qu'il pouvait tant qu'il en eut la force, quelques jours avant l'opération dont il risquait de ne pas se réveiller. Il pensa alors que ce bureau serait une sorte de chambre funéraire où tout serait prêt et intact pour une vie d'outre-tombe. Il arrangeait cet espace avec le soin qu'il avait mis à rédiger son testament. Le jour où il avait quitté les lieux avec Constance pour se rendre à l'hôpital, il y était monté une dernière fois tandis qu'elle rangeait ses affaires dans la voiture. Il s'était installé dans le fauteuil anatomique où il projetait de lire l'un après l'autre tous les ouvrages de la bibliothèque. Puis il avait effleuré les dos des livres, le manche et les cordes tendues du violoncelle, sa concavité vernie, la partition de Bach ouverte sur le pupitre. C'étaient des adieux tactiles. Il avait alors songé à Adriana Zuber, dont il avait rêvé la veille. S'il mourait, elle ne le saurait probablement pas immédiatement, où qu'elle vive, peut-être à Madrid, avertie par d'anciens réseaux de connaissances. Depuis qu'il se savait malade, il avait rêvé davantage de ses parents, de son père surtout, et d'elle. En d'autres temps elle s'était montrée indifférente envers lui, étrangère, distante, voire méprisante, sarcastique. Elle l'observait sans rien dire, avec détachement, lointaine, légèrement moqueuse ou, pire, lui faisant comprendre d'un geste le dégoût que lui inspirait sa vie, son argent, son prestige social et combien il l'avait déçue.

À l'hôpital, dans les rêves et le demi-sommeil des tranquillisants, les ténèbres de l'anesthésie, Adriana Zuber lui était apparue comme une présence prudente qui demeurait en arrière-plan, sur le seuil de la chambre où entraient et sortaient des médecins et des infirmières, Constance et leurs enfants quand ils lui rendaient visite. Elle ne s'approchait, résolue et silencieuse, que lorsqu'ils étaient partis. En rêve, la chambre était si semblable à celle de la réalité qu'elle était forcément vraie : sa main cherchait la sienne sous les draps, ses yeux clairs et pétillants, sa bouche carmin, ses cheveux roux en bataille. Désormais c'était sa main à elle qui était tiède et la sienne glacée ; il la serrait et se contenait pour ne pas briser ses os si fins. Il le lui dit à voix haute : « Si je dois mourir, peu m'importe que tout cela soit un rêve. »

Il ouvrait les yeux et avait la triste certitude qu'il était éveillé, parce que la douleur le taraudait et qu'Adriana Zuber n'était pas à ses côtés. Il s'efforçait de ne pas s'évanouir ni perdre la mémoire, tâchait de se concentrer sur le souvenir du rêve avant qu'il s'efface. Ce serait comme s'ôter une part cruciale de sa vie, se voir dépouillé de ce qu'il possédait de meilleur. S'il recouvrait la santé, il avait peur de se priver de la capacité à faire de tels rêves, du privilège de pouvoir les évoquer avant qu'ils se dissipent sans laisser de traces à son réveil et même, certaines fois, de les contrôler jusqu'à un certain point, conscient de rêver, faisant en sorte qu'elle s'attarde, s'allonge auprès de lui sur le lit, reste dénudée, lui parlant à voix basse tout en sachant que l'application qu'il mettait à contrôler le rêve allait l'escamoter, le transformer en un fil ténu qui se briserait dès l'instant où il tirerait dessus un peu plus fort.

J'ignore s'il m'avait fait monter dans son bureau pour me montrer son refuge ou parce qu'il avait l'intention de me dire qu'il rêvait d'Adriana Zuber et voulait me raconter sa rencontre avec elle dans le monde réel, un fait dans lequel j'avais bien entendu joué un rôle modeste, parfaitement involontaire et cependant décisif, dont je ne m'étais pas rendu compte, en prononçant accidentellement un nom qui avait déclenché son retour dans cette partie révoquée de sa vie. C'était en tout cas la raison de son invitation dans sa maison de campagne, bien qu'il l'ait enrobée d'un autre motif plus acceptable, un prétexte pour cacher à Constance ce qui était survenu ou pas et qu'il avait dissimulé dès le début, son voyage à Madrid et son rendez-vous avec son amour de jeunesse, une femme presque aussi âgée que lui, aussi vieille, aurait-elle décrété, sarcastique et réticente à employer des euphémismes. Les nombreuses années qu'il avait consacrées à la finance, aux négociations et aux manœuvres corporatistes lui avaient laissé ce qu'il appelait, m'avoua-t-il en citant W. H. Auden, « *a sense of theatre* ». De même qu'il avait conçu son bureau avec soin, il était très doué pour organiser des dîners avec des invités hétéroclites et influents, mettre en scène des rencontres, des épisodes stratégiques où intervenait toujours la simulation, la théâtralité pure. Telles des parties de cartes, des défis autour d'un échiquier, des astuces très élaborées pour obtenir un effet, des situations protocolaires pompeuses et superflues qui, lorsque tout se passait bien, lui procuraient une récompense sous la forme de mains longuement serrées ou de discours vibrants de remerciements ou d'hommages.

Après ce rendez-vous manqué à Madrid sans explication, il avait tardé à m'envoyer un courrier pour me faire des excuses. Je l'avais appelé du restaurant mais son téléphone était éteint et l'était resté toute l'après-midi. Après avoir esquivé d'un air gêné pendant une heure les regards et l'approche des serveurs, j'avais commandé un plat quelconque qui m'avait « coûté les yeux de la tête », pour employer l'expression qu'il aurait utilisée afin de me prouver qu'il maîtrisait l'espagnol familier. J'avais pensé qu'il lui était arrivé quelque chose, étonné par ce silence qui détonnait exagérément avec sa politesse, la cordialité qu'il m'avait toujours témoignée et la longue liste de services qu'il m'avait rendus ces vingt dernières années. Je n'eus aucune nouvelle de lui pendant des mois. J'étais absorbé par mon travail au Prado. La carte épinglée au revers de ma veste était un sésame et me permettait d'accéder à toute heure aux salles du musée. À neuf heures, dans le silence et la solitude, je me tenais immobile devant *Les Ménines*, un carnet inutile dans une main, un crayon qui l'était encore plus dans l'autre, à regarder le tableau exposé sous mes yeux, un rêve qui ne se dissipait pas, qui signifiait aussi bien l'exacte permanence que la fugacité pure, un mirage de lignes, d'ombres, de taches de couleur qui se décomposaient comme les particules de la matière lorsque je m'approchais trop d'elles, et redevenaient des présences humaines fantomatiques et corporelles dès que je m'éloignais en sentant leurs regards sur moi.

Dans la réserve et les archives du musée, j'avais découvert la trace d'une disciple de Valdés Leal, cet artiste que je détestais en secret, sans doute une amie de sa fille, Juana Francisca de Contreras, qui avait quitté Séville en 1680 pour émigrer dans la vice-royauté du Pérou et avait peint de manière étonnante l'adoration des Rois mages par les bergers indigènes qui leur offraient des épis de maïs, des rois et des courtisans coiffés de plumes. Un des articles que j'avais écrits la concernant fut publié dans *ARTnews* avec de nombreuses reproductions en haute résolution. Gabriel Aristu rompit de nombreux mois de silence pour me féliciter. J'étais loin d'imaginer tout ce que cet homme pouvait lire. Il se contenta de me demander pardon pour m'avoir « *standing you up* », ou « *dejarte tirado* », « posé un lapin » au restaurant du Wellington. Il avait dû annuler son voyage pour une urgence, un « souci de santé qui au final s'était révélé bénin ». Il me parlait dans son message d'une connaissance, un collectionneur de peinture coloniale de l'Amérique hispanique, qui avait quelque temps auparavant acheté à Lima une annonciation, et en lisant mon article, il s'était penché sur les reproductions et avait pensé que l'œuvre en question pouvait avoir été réalisée par ma Juana Francisca de Contreras. « C'est bon signe que les gens fortunés créditent ton *expertise*. » Il avait joint à son mail la photo d'un tableau obscur représentant une Vierge grassouillette et des angelots déplorables aux têtes déformées comme des citrouilles, peint à la pire période de décadence esthétique du début du XVIIIe siècle, dans un atelier mineur d'une sinistre ville d'une province coloniale pleine de couvents et de mendiants. À première vue, il semblait évident que la toile n'avait rien de la délicatesse saisissante de Juana Francisca, que j'imaginais contempler les mystères théologiques de la peinture comme ma fille perdue devait contempler les splendeurs des galaxies dans le miroir parabolique d'un télescope, ma fille qui en trente ans n'avait jamais pris de mes nouvelles ni répondu à aucun des mails admiratifs que je continuais de lui envoyer à son adresse professionnelle dès que je lisais un de ses *papers* scientifiques ou que je la voyais en photo, une femme inconnue qui signait un article sur les découvertes et les prodiges astronomiques.

J'avais pris le train dans la gare nauséabonde de Penn Station, avec ses plafonds bas et ses recoins douteux, véritables terriers d'indigents. Je descendis ainsi qu'il me l'avait indiqué à Tyne-on-Hudson, si près du fleuve que l'eau atteignait presque les quais. Je reçus aussitôt une bouffée d'air frais qui sentait la forêt automnale, comme si j'avais bu de l'eau très pure au robinet. Gabriel Aristu m'attendait, son visage espagnol rappelant ceux des tableaux d'Ignacio Zuloaga, dans une veste en peau de mouton, coiffé d'une toque duveteuse comme en portent l'hiver dans les bois les habitants de la partie haute et sombre de l'État de New York, dont les électeurs républicains sont armés de fusils d'assaut et arborent la casquette des partisans de Donald Trump, et où les troupeaux d'immenses cerfs hardis et hors de contrôle sont infestés de tiques mortelles.

L'hiver était plus en avance qu'à New York, où la frondaison jaune et rouge des érables, des chênes et des ginkgos biloba de Central Park et Riverside Park flamboyait encore, irradiant une lumière dorée quand le soleil se couchait et qu'il faisait plus froid mais pas tout à fait nuit. Un raccourci permettait d'atteindre la maison d'Aristu depuis la gare, un large sentier traversant la forêt de hauts chênes dont les cimes s'entrelaçaient au bord d'un ruisseau dont l'écume blanche et tumultueuse sautait sur des cailloux luisant comme du silex. Aristu s'appuyait sur un bâton de montagnard ou de prophète, il respirait de manière plus hachée quand le chemin devenait plus escarpé. « Inutile de mentionner devant Constance que je ne suis pas venu à notre déjeuner à Madrid. Elle me trouve trop sérieux, mais dès que je fais une erreur ou une étourderie, elle me reproche justement mon manque de sérieux », me dit-il en souriant après s'être arrêté pour reprendre son souffle alors que nous arrivions. Autrefois ce cours d'eau activait la roue d'un moulin toujours intacte, sur le côté de leur maison, confirmant la formidable impression de solidité qu'elle renvoyait, fermement ancrée dans la terre, comme les chênes et les érables qui l'ombrageaient.

Constance était plus séduisante que dans mon souvenir, plus jeune que je ne l'aurais imaginé après avoir passé des années sans la voir. J'eus le sentiment que leur différence d'âge, à son mari et à elle, s'était accentuée. Elle avait une voix aiguë et un rire cristallin qui résonnait dans toute la maison, de même que ses talons et ses bracelets. Elle s'inquiétait de savoir si Aristu s'était assez couvert avant de sortir ; remarqua tout de suite que son excursion sur le sentier pentu l'avait fatigué et l'obligea à s'asseoir un instant après lui avoir enlevé sa veste et sa toque, pleine de sollicitude, à la manière d'une infirmière. Les marches de l'escalier craquaient sous mes pas lorsque je la suivis dans la chambre d'amis.

« Gabe dit toujours qu'il veut passer plus de temps ici, mais dès que nous sommes là il s'ennuie et il a besoin de compagnie. Je profite plus que lui de cette maison et de la campagne. Je me promène des heures dans la forêt alors qu'il préfère rester à l'intérieur et si je rentre tard, il se fait du souci. Je suis ravie que tu sois venu le distraire. Dernièrement, il a des accès de tristesse, il dit qu'il est vieux. Moi je lui réponds que ce n'est pas nouveau. N'a-t-il pas toujours été un peu vieux ? C'est ce qui faisait son charme quand je l'ai rencontré. À l'époque, en Californie, il était le seul adulte qui n'essayait pas de se faire passer pour un adolescent. »

Cet endroit, cette saison et mon état d'âme stimulaient mon imagination littéraire. En pénétrant dans cette demeure, il m'avait semblé entrer dans un roman substantiel du XIXe siècle de Nathaniel Hawthorne ou de George Eliot. La chambre d'amis me fit songer à Herman Melville qui, évidemment, avait vécu non loin de là, m'annonça Aristu. Elle avait l'aspect d'une cabine de baleinier au plafond incliné et aux poutres massives, au plancher poli et aux appliques de cuivre étincelant au-dessus de la vitrine et du lit. Je n'avais jamais vu d'objets aussi solides, encore en proie, après tant d'années, au même incurable sentiment d'insécurité espagnol, un défaut que je ne corrigerais plus désormais. Le fleuve, les collines, les forêts et à l'horizon les montagnes bleues que je distinguais par la fenêtre semblaient être là depuis toujours et pour toujours. La musique interprétée au violoncelle qui me parvenait me procurait la même sensation de profondeur frémissante, d'enracinement, de douleur intense comportant néanmoins une petite pointe de joie ou tout au moins de douceur.

Les notes me guidèrent vers le bureau d'Aristu. Je le vis de dos, incliné vers la partition, absorbé par elle, battant la mesure de la main droite, l'index levé dessinant dans le vide la ligne mélodique murmurée par sa voix. Les graves vibraient puissamment dans les enceintes, jusque dans les sinuosités des poutres et des lattes.

Il entendit mes pas et arrêta la musique en soulevant délicatement le bras du tourne-disque. Il me confia qu'écouter ce morceau était comme parcourir du début à la fin une longue phrase de Proust, un flux naturel obéissant cependant à un ordre rigoureux et flexible, une forme parfaite. Ni la phrase de Bach ni celle de Proust ne paraissaient construites : elles se déroulaient organiquement, comme la sève d'un arbre monte des racines jusqu'aux dernières branches ; elles s'écoulaient à l'image de l'Hudson ou du ruisseau qui moins d'un siècle plus tôt faisait tourner la roue du moulin à côté de la maison. Mais il n'aspirait plus à interpréter cette musique avec toute la méthode requise. Il ne disposait plus du temps qu'il aurait fallu pour cet apprentissage. Il lui suffisait à présent de savoir que les suites de Bach existaient, il les écoutait en connaissant chaque note, chaque inflexion, chaque pause, chaque changement de rythme, les yeux mi-clos, remuant parfois les doigts avec une dextérité spectrale, à croire qu'il les posait vraiment sur les cordes de l'instrument. Parfois il n'avait même pas besoin de mettre le disque. Les mesures se succédaient dans son esprit sans la moindre erreur, comme dans un rêve lucide, mais sans la fragilité qui se déclare lorsqu'on se remémore un rêve.

C'est alors que je m'aperçus qu'il avait attendu ce moment, qu'il l'avait préparé, que ce qu'il y avait autour n'était qu'un prétexte, un prélude, y compris la musique, la suite pour violoncelle qui s'élevait dans un mélange d'âpreté et de douceur à l'intérieur de son bureau. Les autres invités arriveraient quelques heures plus tard. Aristu et Constance avaient convié à cette soirée un groupe de leurs voisins cultivés, parmi lesquels le collectionneur d'art colonial, à une conférence que je donnerais sur place, dans leur salon, sur Juana Francisca de Contreras, à laquelle je devrais peut-être consacrer un livre, une biographie, m'avait dit Aristu, apte à saisir au vol toutes les occasions qui se présentaient. Constance avait pris la voiture pour aller chercher les apéritifs et les fleurs qu'elle répartirait ensuite dans la maison avec son merveilleux sens de la décoration, des fleurs exotiques dans la chaleur d'une maison au commencement de l'hiver.

Sans me consulter, Aristu servit deux verres d'un whisky couleur miel ou ambré qui sentait la terre fertile et la fumée, et il m'en tendit un avant de prononcer le nom d'Adriana Zuber. Je crus qu'il faisait référence à ma collègue du Sarah Lawrence College ; dès qu'il m'expliqua l'influence qu'à ma grande surprise et par pur hasard j'avais malgré moi exercée sur sa vie en prononçant un jour ce nom, amorçant « en toute innocence » un bouleversement qui, entre autres choses, l'amena à faire ce qu'il n'avait jamais fait par le passé, mentir à Constance, lui cacher qu'au lieu d'assister durant une semaine à plusieurs réunions inutiles mais très rentables à Genève au début de l'été, il avait fait un aller-retour d'une journée à Madrid. Quand il m'aurait révélé toute l'histoire, je comprendrais certainement et pourrais lui pardonner d'avoir oublié notre déjeuner.

Il n'était pas nécessaire que je lui pose des questions. Je ne faisais rien, je ne disais rien, uniquement concentré sur ce qu'il me racontait en ne s'interrompant que pour avaler de petites gorgées de whisky, peu à peu possédé ou enthousiasmé par son propre récit, qui débutait dans une salle du Lycée britannique, vers 1956, et semblait s'achever sur un voyage en Amérique en 1967, mais se poursuivait soudain, une quarantaine d'années plus tard, par le fruit d'un hasard et par mon entremise, il y avait quelques mois, à Madrid, un matin des premiers jours de juin, pendant plusieurs heures toujours dotées de l'intensité, de l'improbabilité des rêves, d'autant plus maintenant qu'il me les détaillait sans trop se soucier de ma présence et néanmoins pressé, encouragé à l'idée de me savoir à ses côtés, par mon intérêt avide, mon silence, mon désir primaire d'en apprendre davantage, mon envie au fond, car une telle passion, je n'en avais jamais vécu, ressenti ou suscité, ni dans la réalité ni en rêve.

Je ne me souvenais guère des yeux et des cheveux de la professeure Zuber, que je n'avais vue qu'une fois il y avait longtemps. Je m'employais à me représenter ceux de sa mère, jeune et plus âgée, leur éclat que le temps n'avait ni terni ni amoindri. Je voyais ses mains fragiles, repliées sur ses genoux, froides au contact de celles de Gabriel Aristu, qui esquissaient des gestes dans le vide, ainsi qu'il l'avait fait un moment auparavant lorsqu'il suivait la musique, des dessins sommaires pour m'expliquer des scènes auxquelles je n'avais pas assisté, la femme assise qui s'affaissait peu à peu dans le fauteuil roulant, ses lèvres très rouges dans son visage blanc où se formait un instant, comme une braise ravivée, un sourire empreint de la douceur et de l'humour de ses jeunes années. Je voyais l'auxiliaire de vie, Fanny, veiller sur elle en silence depuis le pas de la porte, je voyais Gabriel Aristu, aussi conventionnel et renfermé qu'à présent, impudique dans sa confession et la persistance d'une ferveur qui paraissait invraisemblable chez un homme tel que lui, « à mon âge avancé », disait-il, également surpris, pressentant le ridicule de la situation, la vulgarité de son pathétisme.

Il constata que nos verres étaient vides. Il percevait difficilement la réalité extérieure. Il nous resservit un peu de whisky dont la première gorgée l'aida ou l'égara davantage dans sa remémoration. Il se pencha en avant, renouvelant le moment où il s'était rapproché d'elle, lui avait touché les mains avant de sentir ses lèvres frôler sa joue, pensant qu'elle s'apprêtait l'embrasser. Mais elle s'était contentée de lui parler tout bas à l'oreille, de lui demander ce qu'ensuite il aurait préféré ne pas entendre, bien qu'il n'ait eu de cesse de se le rappeler, comme une phrase musicale qu'on ne peut pas s'enlever de la tête, les quelques mots qu'elle avait murmurés, la requête, l'exigence, « Aide-moi », et lui, dans son exaltation, son abstraction, n'avait pas encore compris. « Aide-moi à mourir. »

Il me raconta que quand il la regarda alors dans les yeux

son expression avait changé. Il y avait quelque chose de froid et d'expéditif en elle, de désespéré aussi, qui la retranchait de tout rapport ou lien humain en dehors de ceux qu'elle recherchait. Elle n'avait pas rapproché sa bouche de son oreille pour lui révéler un secret intime, lui dire qu'elle non plus n'avait jamais arrêté de l'aimer et qu'elle n'avait pas pu l'oublier, lui faire comme cette fameuse et lointaine nuit une proposition énoncée d'une voix inaudible, mais pleine de détails spécifiques à même d'exacerber son désir : non, elle requérait sa complicité pour satisfaire une intention cachée. Ce qui le meurtrit au plus haut point fut peut-être la totale absence d'amour dans la voix d'Adriana Zuber. Mais pour elle, tout ce qui comptait était de disparaître très vite. Voilà pourquoi elle avait accepté qu'il lui rende visite. Elle l'avait invité en le considérant comme un éventuel complice et non comme un amant perdu. Elle avait regardé d'un côté puis de l'autre afin de s'assurer que Fanny n'était pas à proximité et ne risquait pas d'entendre ou de suspecter ses intentions. Des mots qu'elle avait prononcés rapidement quelques secondes après, Gabriel Aristu conservait un souvenir diffus, probablement amoindri par le chagrin et la lâcheté. Il existait des procédés très efficaces, des substances dont les effets étaient immédiats et indolores, avait-elle ajouté, une lueur trouble au fond des yeux. C'était un homme du monde, il avait des moyens, des contacts. « Si tu m'as aimée comme tu le dis, ne me laisse pas à nouveau ; ne refais pas ce que tu m'as fait la dernière fois. »

Une voiture se gara devant la maison. Constance revenait avec les fleurs et les plateaux d'apéritifs, ou alors elle était déjà rentrée sans que nous l'ayons remarqué, et les bruits que nous entendions étaient ceux des premiers invités. Le whisky pur malt m'avait légèrement embrumé l'esprit et je sentais une pression sur mes tempes. Les propos de Gabriel Aristu avaient produit un effet similaire. Combien de temps avais-je passé dans ce bureau, près de la fenêtre derrière laquelle s'était estompée la clarté de ce jour écourté de la fin de novembre ?

« Elle était déjà très fatiguée, enchaîna Aristu. Elle se penchait vers l'avant, sur le côté, s'exprimait de manière de plus en plus confuse ou s'interrompait au milieu d'une phrase. Fanny est entrée et m'a dit d'un ton sans réplique que sa patronne avait besoin de repos. À cette heure, se coucher lui faisait du bien. Je lui ai demandé si elle voulait de l'aide. Adriana paraissait assoupie, la bouche entrouverte. C'est cruel à dire, mais à ce moment-là elle m'a semblé être une vieille femme. Fanny m'a dit qu'elle avait l'habitude, qu'elle se débrouillerait mieux toute seule. En réalité, Adriana n'était vraiment pas lourde. Je ne savais pas quoi faire. Fanny a poussé le fauteuil roulant jusqu'à la chambre, puis elle a fermé la porte. J'avais beau dresser l'oreille, je n'entendais rien. J'avais l'impression d'être dans un couloir d'hôpital. Puis Fanny a réapparu et m'a dit que sa patronne me réclamait, qu'elle voulait me dire au revoir. »

La chambre était plongée dans la pénombre et sentait tristement la maladie, les médicaments, l'acide urique, la vieillesse. Il avait pénétré une seule fois dans cette pièce près d'un demi-siècle auparavant. Adriana Zuber était adossée sur de gros oreillers aussi blancs que ses cheveux, dans une immobilité telle qu'il aurait pu la croire assoupie, mais ses yeux brillaient sous ses paupières entrouvertes. Ses mains étaient posées sur le drap rabattu, très pâles, traversées de veines bleues, les ongles vernis de rouge. La forme de son corps était presque imperceptible.

« Fanny m'a donné un somnifère, expliqua-t-elle. Avant de m'endormir je ne pense qu'à une chose : je n'ai pas envie de me réveiller. Promets-moi d'être là, cette fois, quand j'ouvrirai les yeux. Tu sais ce que tu dois faire. »

Ce fut elle qui lui prit la main et la serra sans trop de force, les doigts crispés. Il resta à ses côtés jusqu'à ce qu'il entende sa respiration s'apaiser. Il fit le geste de retirer sa main, mais craignit de la perturber dans son sommeil. La pression qu'elle exerçait était plus puissante qu'il ne l'imaginait. De l'autre main il souleva un par un ses doigts courts, frêles et déformés jusqu'à se libérer de leur étreinte. En s'inclinant pour embrasser ses lèvres sèches il sentit le filet de son souffle. Il écarta ses cheveux épais et lumineux pour lui dégager le front, aussi lisse que ses pommettes et son menton ferme. Fanny était entrée sans bruit, elle lui fit signe de partir.

Dans la rue, la clarté du jour, la lumière cruelle du présent lui meurtrit les yeux. Madrid était une ville inconnue, agressive. Il avait tout à coup oublié comment regagner son hôtel. Dans l'après-midi il prit un vol pour Genève. Le lendemain il rentra à New York. Comme d'habitude, dans le hall des arrivées, la file d'attente des citoyens américains était plus courte et plus rapide que celle des étrangers. Le fonctionnaire du service d'immigration examina son passeport et son expression maussade et sévère céda un moment la place à un sourire. « *Welcome back home, Sir* », lui dit-il d'un ton chaleureux.

Du rez-de-chaussée leur parvenait la rumeur croissante des invités, les exclamations joviales de Constance qui les accueillait dans le vestibule décoré de grandes brassées de fleurs, certaines rappelant le monde latino-américain et baroque qui serait en partie le sujet de mon allocution. Je prendrais la parole une heure plus tard, avait calculé Gabriel Aristu, après les présentations, quand les convives se seraient installés dans le vaste salon, leurs boissons et leurs assiettes remplies de mets froids sur les genoux. Cette conférence avait beau être informelle, je l'avais dûment préparée. Elle traiterait du contexte de la peinture créole baroque, qui avait vu s'épanouir sur une brève période l'art de Juana Francisca de Contreras, une peintre encore mystérieuse dont je comptais montrer certaines œuvres, avec l'aide peu fiable de mon téléphone portable, en les projetant sur l'écran que Constance avait disposé au fond de la pièce. Les lumières s'éteignirent, je voulus avaler ma salive mais j'avais la bouche sèche, comme lorsque je dispensais des cours. Quinze ou vingt personnes s'étaient déplacées, hommes et femmes, des couples d'une maturité confortable, pas tous hétérosexuels, professeurs retraités ou anciens collègues d'Aristu dans le secteur bancaire, membres du conseil consultatif de fondations culturelles et de musées, certains très influents, qu'il convenait d'impressionner selon Aristu. Lui et Constance m'écoutaient au premier rang, visiblement désireux de m'approuver et de marquer leur soutien, riant des plaisanteries prudentes que j'avais appris à intercaler dans l'exposé appliqué de mes connaissances, de ma rigoureuse *scholarship* anglo-saxonne. Le visage austère d'Aristu ressortait parmi les invités comme celui d'un portrait ancien dans le salon obscur, uniquement éclairé par les images successives qu'on projetait et la lumière de mon portable.

Il y eut des applaudissements que les gens prolongèrent avec politesse et une certaine cordialité, des félicitations, des questions intéressées et érudites auxquelles je répondis en cherchant sans le montrer un signe d'approbation de Gabriel Aristu, des boissons plus abondantes qui faisaient rougir les visages déjà roses et monter le volume de l'ensemble des voix. Quand il me présentait un invité en lui vantant mes mérites, Aristu s'exprimait d'un ton impersonnel comme s'il n'y avait aucune continuité entre ce moment de la soirée et la conversation que nous avions eue peu avant dans son bureau. L'homme qui m'avait livré à voix basse une longue confidence que je ne lui avais pas réclamée et celui qui parlait à présent un anglais admirable avec un léger accent d'Europe centrale, d'une voix assez forte interdisant tout épanchement, semblaient être deux personnes différentes. Je n'aurais pas su dire laquelle était vraie ni dans quelle mesure l'une ou l'autre était plus vraie ou plus fausse. Dans son aisance en société, je décelai ce soir-là, plus que toutes les autres fois, l'anxiété d'une interprétation, le déploiement d'un effort continu et secret. J'avais l'impression que Gabriel Aristu s'arrangeait pour ne pas rester seul avec moi, même s'il s'assurait avec son talent d'amphitryon qu'à aucun moment je ne restais sans interlocuteur et sans un verre à la main. Je le voyais évoluer comme un acteur parmi les convives, puis il se tournait vers moi et s'apercevait que je l'observais, que j'observais Constance dans une autre partie du salon, et j'étais assailli de questions auxquelles maintenant ou tout au moins ce soir-là il n'avait pas l'intention de répondre. Il n'avait pas envie que je lui demande s'il avait eu des nouvelles d'Adriana Zuber, s'il l'avait retrouvée en rêve. Il lui suffisait peut-être désormais de l'évoquer, étrangère à la réalité, rescapée de l'oubli, avec la même exactitude que lorsqu'il revivait en silence et en solitaire chaque longue phrase du violoncelle.

Du même auteur

Beatus Ille
Actes Sud, 1989
Seuil, 2000
et « Points », n° P929

Un hiver à Lisbonne
Actes Sud, 1990
repris sous le titre
L'Hiver à Lisbonne
Seuil (nouvelle traduction), 2001

Beltenebros
Actes Sud, 1991
Seuil, 2004
et « Points », n° P2294

Les Mystères de Madrid
Actes Sud, 1993

Le Royaume des voix
Actes Sud, 1994
et « Points », n° P790

Le Sceau du secret
Seuil, 1995

Pleine lune
prix Femina étranger
Seuil, 1998
et « Points », n° P667

Une ardeur guerrière
Mémoires militaires
Seuil, 1999

Rien d'extraordinaire
nouvelles
Seuil, 2000

Cordoue des Omeyyades
Hachette Littératures, 2000
et Seuil, 2012

Carlota Fainberg
Seuil, 2001
et « Points », n° P966

Séfarade
Seuil, 2003
et « Points », n° P1387

En l'absence de Blanca
Seuil, 2004
et « Points », n° P1426

Fenêtres de Manhattan
récit
Seuil, 2005
et « Points », n° P1889

Le Vent de la lune
Seuil, 2008
et « Points », n° P2756

Dans la grande nuit des temps
Seuil, 2012
et « Points », n° P2979

Tout ce qu'on croyait solide
essais
Seuil, 2013

Comme l'ombre qui s'en va
Seuil, 2016
et « Points », nº P4641

Un promeneur solitaire dans la foule
Seuil, 2020
et « Points », nº P5399

Tes pas dans l'escalier,
Seuil, 2023
et « Points », nº P6440

RÉALISATION : NORD COMPO À VILLENEUVE-D'ASCQ
ACHEVÉ D'IMPRIMER SUR ROTO-PAGE
PAR L'IMPRIMERIE FLOCH À MAYENNE
DÉPÔT LÉGAL : AOÛT 2025. N° 158310 (106971)
IMPRIMÉ EN FRANCE